轟音

—その後—

古久保　健

日本機関紙出版センター

はじめに

２００５年（平成17年）４月、『轟音―B29墜落の記―』を発刊させていただきました。

その後10年が経過し、その間多くの皆さまから様々な情報の提供をいただき、ご支援と励ましをいただきましたこと、誠にありがとうございました。ここに改めて感謝申し上げます。また、その時点で『轟音』の発行部数が少なく、ご迷惑をお掛けした方もおられ、申し訳なく思っています。

その後、皆様方に支えられいくつかの取り組みを進めてきました。お蔭様で、墜落兵士のご遺族の一人との交流が始まり、その方とお会いすることが叶いました。それはアメリカのフロリダ州に住むエリザベス・クロークさんです。そして、私にとっては奇跡とも思える多くの関係者との絆が生まれ、命の尊さをより強く持つことができました。

２０１４年5月20日、エリザベスさんは亡くなり一つのご縁は切れましたが、彼女からの伝言を全て受け止めて、その思いの一端だけでも記録として残したいと思って毎日を過ごしてきました。

また、２０１０年12月から5年間、このB29墜落と遺族探しのことを映像に残す活動を、大阪芸術大学映像学科の学生の皆さんが取り組まれ、卒業後も最後まで懸命にその完成に向けて努力されました。私はその活動の一端に関わらせていただき、そしてやっと2015年3月に完成し皆様方に観ていただけることとなりました。

これらの経過を経て、以前の『轟音』に書きつくせなかった心残りの部分と、アメリカの遺族との出会いに至るまでの事柄を含めて、今回『轟音―その後―』としてまとめてみました。前作と重複する部分もあり、またすでに八十路に手がかかり、何分にも力不足で言葉の引き出しが少なく十分に意は尽くせません。しかし、厳しい情勢下の今しかないと思い、拙いものではありますが最後の戦中体験者の遺言として記録しました。

後に続く人々が、地域の歴史と先人の生き様をたどる標の一つとなれば、これに勝る喜びはありません。

2016年春

終戦71年を迎えて

もくじ「轟音―その後―」

第1章　B29と私のつながり

1. B29の墜落を見た

１９４５年5月5日土曜日、快晴、その日は端午の節句でした。当時の和歌山県日高郡上山路村大字殿原の西ノ谷１１５８番地へ、Ｂ29爆撃機が墜落しました。日本の戦闘機「紫電改」の機銃攻撃によって炎上し墜落したのです。

この日、日本の飛行機がアメリカの飛行機を撃ち落としたことに、小学2年生であった私は拍手しながら「勝った！バンザイ！」と叫んだものでした。墜落機が上空に至るまでに、機体両翼の右付け根付近から、薄い煙が見えました。

その時私は、学校から帰りカマドに火をつけようと、ツケ木（マッチの代用品）を細く裂いて残りの火種で炎をつけ、お粥さんを温める準備をしていました。姉が労働奉仕から帰ったので、あとは姉を頼りに昼ご飯を待っていた時でした。柱時計が11時を告げたころ、大きな爆音。腹の底に響くような爆音と、軽い機銃の連続音に驚き、家の外に飛び出て空を見上げました。いつも見ている飛行機より大きな機体が、飛ぶという感じではなくゆったりと浮かんでいるように見え、今にも落ちてくるのではないかと思いました。

大きなアメリカの飛行機の周りを旋回しながら機銃を撃つ小さな飛行機の胴体と両翼には日の丸が見え、怖かったが懸命に声援をしました。空には、薄い紫の煙と小さな火花が交錯し、

エリザベスから送られて来た1945.5. 5のメンバーの写真

Back　Row

McSpadden,Jos S.	※ king,Wilson k.	Foley,Harry J.	※ Hooser,Jack R.	※ Croake,Thoms J.	※ kisti,Joseph F.
0-753232 機長	0-830869 副機長	0-785267 爆撃手	T-129147 航空士	0-2073304 レーダー手	42080029 通信士
少尉・殿原・真田山	少尉・墜落死	少尉・二川・行方不明	准尉・墜落死	少尉・墜落死	二等軍曹・墜落死

Front Row

※ Johnson,Howard R.	Sparks,Logan M.	Hansser, Louis J.	※ Meier,John A.	Flanagan,Erle P.
35903294 技術軍曹	6990471 二等軍曹	34675171 二等軍曹	39030583 二等軍曹	12076389 二等軍曹
右銃手・墜落死	機関士・殿原・信太山	尾部銃手・墜落死	左銃手・墜落死	中央火器管制・二川・信太山

注：各人下の算用数字は「認識番号」。※印の6名は戦後の遺体回収後にミズリー州の国立公園墓地に墓標が建つ。
Sparks,Logan Mの墓地は未調査。
McSpaddenは真田山で、SparksとFlanaganは信太山で処刑、埋葬された。5月9日中辺路町で2名捕獲、田辺憲兵分隊経由、殿原の2名は当日捕獲後に御坊分隊経由し和歌山、その後4名は中部憲兵司令部に送致。

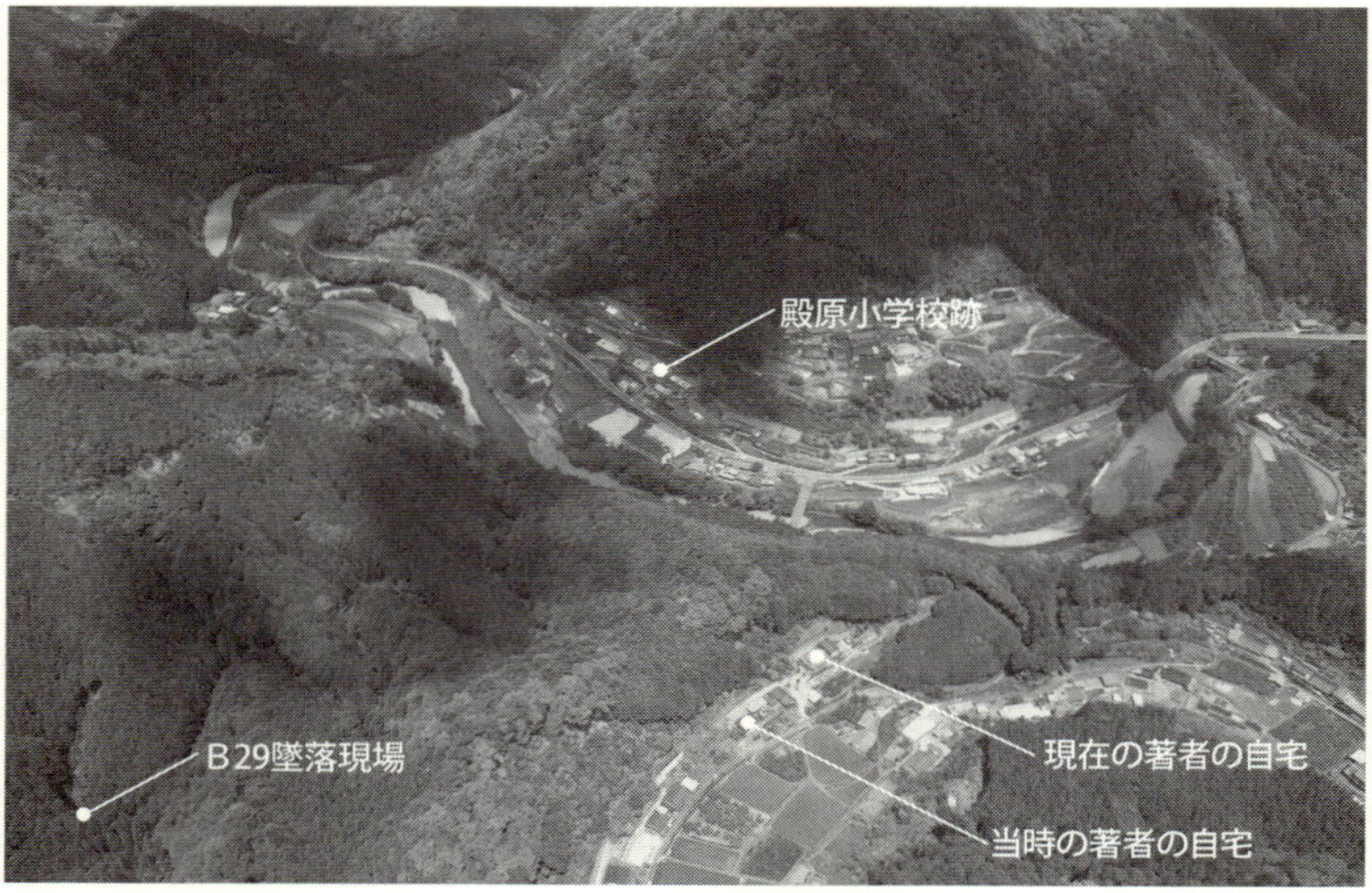

現在の殿原地区の空撮写真

軽い機銃音が遅れて聞こえてきました。紫電改が（機種はずっと後でわかったのですが）再び大きな機体の周りを旋回を繰り返しながら機銃音を響かせる、その途端に炎が上がり、黒い煙に包まれた大きな機体がますます大きくなり、止まっているような感じに見えました。機体が煙に包まれたのを確認したのか、日本の戦闘機はゆっくりと旋回しながら態勢を整え、飛んできた方向へ飛び去りました。

落下傘が見えた

その煙の中から、最初に黄色い落下傘が空にポカリと浮かび出て、四角い荷物のようなものがゆらゆらと降りてきました。続いて煙の中から白い落下傘が一つポカリと浮かび出て、搭乗員が足を動かして降下してきます。その姿が見えた瞬間、周辺に轟く大きな爆発音、まさに飛行機の悲鳴のようでありました。機体が三つに分解、ゆっくりと煙の塊と共に分かれながら、落ちて来ました。それがわが家の上に迫ったように感じて、急いで裏山の防空壕へと駆け出した途端、向かいのおじさんの声がしました。「坊、こっちへ来い、そこへ落ちるぞ！」

姉が先に走り出し、その後を追うように自分も走っていました。走っている間は、破片が舞い落ち、田に突き刺さります。「もうあかんかも……」と必死でした。向かいの防空壕の入り口に立って空を見たらもう飛行機は見えず、裏山の上空に真っ黒い煙がモクモクと立ち昇り、銃を撃つような音と大きな爆発音が連続して聞えました。「敵は打ってくるぞ！」

「THE TWO CROSSES」に描かれた絵

その後の記憶が途切れていますが、壕の入り口から見えた場面が頭に残っています。それは、足に障害があった祖父が肩をゆり動かしながら家の方へ向かい、その前方に放たれた牛がゆっくりと牛小屋へ戻って行く姿です。その時祖父は牛を使って田ごしらえをしていたのです。

その後に家へ帰りましたが、昼も食べずに裏山を見つめていると、煙が見え銃のような音が聞こえていました。「銃を持っている者は集合せよ」との声があり、大人が下刈り鎌や鉈、竹りなどを持ち、裏山へ登って行きました。

パニック状態とはこのことでした。この事件の後日談は花盛りで、押し入れに逃げ込んだ人や、昼の支度をしていた女性が包丁を持ったまま小さな谷へ逃げ込んだとか、どこに隠れたらいいかと右往左往した人、山へ逃げる準備をした人、アメリカ人を見たとか、見ていないとか、「並4ラジオ」（※1）に耳を当て懸命に聞いた人、3日遅れの新聞を見返す人等々、今だから笑えるような話がたくさんありました。ほとんどの家に電話はなく、若者はいない、老人と女と子どもばかりの地域に爆撃機が突然墜落したのです。

2人の米兵を捕えて

墜落した後、2時間ほど後だったか、裏山から、捕まった兵士が2人下りてきました。自宅の下手の納屋側が旧県道「三番ウネ道」（尾根越えの山道で旧栗栖川村は、昔、15の地域番号で呼ばれていたようで、その内の3番の土地に通じる山道）に通じる山道から、20人近い集団

生き残った兵士を描いた「THE TWO CROSSES」の絵

の中にロープで縛られて歩くアメリカ人（直観的）がいました。背が高く、たくさんポケットのついたズボン姿に半長靴を身につけ、目が青く見えました。私のすぐそばを通り過ぎたのです。その前後を竹やりや草刈り鎌を持った男たちが山から下りてきました。

そして、丹生ノ川にかかる針金橋（吊り橋）を渡り、小学校のそばにあった「屯所」（※2）の柱に縛りつけられました。その周辺には多くの人が集まり見物しており、揺れる吊り橋を渡る米兵の様子を真似て自慢げに話す人もありました。

私は、屯所の道路側の窓から捕まった兵士を見ることができました。印象に残っているのは、手を縛っていたロープが解かれ、男の人が２人の兵士に巻煙草を出すと、大きい方の兵士がそのタバコを吸っている姿です。そして、二つのおにぎりと黄色の沢庵をお皿へ入れ、お盆に2人分一緒に乗せて運ばれてきました。2人ともおにぎりは食べましたが、沢庵は背の高い煙草を吸った人が食べたように記憶しています。このおにぎりは、召集された捜索隊の弁当だったのです。

墜落した飛行機は、大部分が西ノ谷へ落ちたようで、この谷の東側の山腹に尾翼が落ち、尾翼の落ちた尾根のすそ野を流れる丹生ノ川の河原にはエンジンとプロペラ1基が墜落しました。墜落寸前に開いた黄色の落下傘には、箱型の四角い荷物が一つつけられていました。その荷物の周りを多くの人々が取り巻き、在郷軍人の方が屯所前の庭で箱を開け、中身を取り出しました。その内の一つは「シュー」と音を出しながら風船のように広がり、逃げ腰になって眺めていると、それがボートとなってみんなびっくりしたものです。その後に見えた赤と黄色の丸い筒は信号弾だったのか？　聞く勇気もなくただ黙って見つめていると、細かな粉が出てきて、それを用水路の溝に入れると、流れていた水が白い煙を出しながら黄色に変わりました。不思議に思ったり、驚いたり、初めて見る物に不安と珍しさで驚いた記憶が残っています。

その後どのように帰宅したのか記憶はありませんが、墜落現場の谷の上流へ、地域のおばさん方と一緒に蕗などの山菜採りに行っていた母親が家に帰っていたのは覚えており、谷の草陰に隠れて墜落の音を聞いて、子どもたちはどうなっているか随分心配したと、後々何度も聞かされたことでした。

そうして長い１日が終わりました。アメリカ兵は屯所前から小さなトラックに乗せられ役場へと連れて行かれました。それからしばらくは怖くて、雨戸を閉め戸締りをして暗闇で寝ましたが、当時はほとんどの家の便所が屋外にあり、夜中に小便に行くのが怖く、それに、その夜から二晩ほどは「呼子」のような音が裏山の方から「ぴーぴー」と聞こえて怖かったのを覚えています。後になって他にも生存兵が２人いたことがわかり、その呼子の音は逃亡した兵士の合図であったのかも知れないと皆で話しあったものです。別行動していた２人の墜落兵士は山を越え逃亡し、４日後に、現在の中辺路町栗栖川の小松原付近で捕まったということです。

最終的に墜落兵士の生存は４人となりました。これが、私が見たＢ29墜落の情景です。

その間、墜落現場には、各地から多くの見物人が訪れ、住民はもちろんのこと、周辺の人々も驚きと混乱と不安が渦巻いていたと言えます。

※１　「並四ラジオ」とは、真空管を４本使った高級ラジオのことです。それでも当時は山間部では雑音が多かったのです。
※２　「屯所」とは、明治期の警察官詰め所のことで、戦時中は、地域住民と物の動きを相互管理統制するため、駐在所のない地域には「消防、警防の任務」の詰め所として、住民の動向を相互監視した場所の呼び名です。殿原地域では、小学校敷地に隣接する県道沿いに約25坪程度の木造の建物を住民奉仕で建て、警防団員が「駐在所」的役割を果たしました。

2. B29とは何か

先ず、超重爆撃機Ｂ29について概要を記録しておきます。

アメリカ合衆国では、太平洋戦争（第２次世界大戦）開戦前の１９３９年末、長距離爆撃機の開発計画が承認されました。それは、第１次世界大戦（１９１４年7月18日～18年11月11日）の末期、ドイツ軍がイギリス本土の空襲を行い、多くの戦果をあげたという戦争の歴史に学び、これからの世界では、航空機は長距離化と大型化が必要だと考えたからだと言われています。

アメリカの軍部判断で、航空機開発計画が認められ、１９４０年初頭に設計図が出されました。Ｂ29は、アメリ

東京に飛来したB29（米軍撮影）

【Ｂ29の主な仕様】

中翼単葉

全長30m、全幅43m、自重32,400kg、最大速度576km／h、飛行高度12,000m、積載爆弾42ｔ

カのボーイング社が設計・製造し、スーパーフォートレスと呼ばれた大型爆撃機です。

１９４２年9月にボーイング社の試作機が初飛行に成功。何回かの試験飛行の失敗を経て１９４３年7月から量産体制に入りぞくぞくと生産され、１９４４年4月からはインドに運ばれたＢ29は第20爆撃兵団の手で中国の成都付近に送り込まれました。月産１００機とも伝えられています。

アメリカはドイツ軍の太平洋進出を予測し、太平洋防衛が本土防衛の要と考え、太平洋諸島の基地化を急いでいました。そして、日々改良を加え、３５００機を保有するに至りました。アメリカ軍部の対日戦略には、Ｂ29を中心にした作戦任務があったと思われます。日本では「超空の要塞」と呼ばれ、まさに「空の要塞」でした。

B29―292日間の出撃

１９４４年7月、米軍はサイパンに上陸（日本軍全滅）の後、8月2日にテニアン島、同11日にはグァム島を占領、航空基地がたちまちの内に構築されました。当時、日本の飛行場開設工事は約1年余を要しましたが、アメリカは約3ヶ月で飛行場を完成させています。この能力の差が決定的な戦力格差でした。

そして10月27日、グァム、テニアン、マリアナ、サイパンを発進基地として出撃し、同日はトラック島へ18機が出撃しました。このトラック島への18機が「マリアナ基地B29部隊」作戦任務の第1号で、以降1945年8月15日の第331号まで、292日間出撃命令が出されたのです。中国の成都からの出撃は1945年1月まで続いていました。

それまでの機動部隊の艦載機や中国からの空襲は、時々八幡製鉄所方面にはありましたが、この「B29部隊作戦第1号」以降は、東京から2280キロも離れた南海の小島から、想像もつかないような空襲が日本本土へと襲ってきたのです。この日10月27日、開戦から4年間で初めてB29により本土が空襲に見舞われました。

そして1944年11月1日、マリアナ諸島を基地とする第21爆撃兵団の所属機が東京偵察に飛来し、軍需工場、港湾、各都市へ戦略爆弾のスタートが切られました。日本への攻撃は、最初は1機が偵察飛行に来て主に攻撃目標を決め、徹底した爆撃を加えました。

1945年3月16日に硫黄島が占領されてからは、硫黄島が艦載機の基地となり、航空機動隊の艦載機と合わせて累計で2万5千機が本土上空を縦横無尽に飛び回り、都会だけでなく山村でも汽車や動くもの全てを目標に機銃掃射を浴びせました。B29は毎日のように本土空襲を実行し、6月23日に占領された沖縄までもが基地化され、その沖縄から1200機が発進しています。

米軍による最終の作戦第331号は1945年8月15日で、14日～15日へかけて、秋田の日本石油へ１４１機、熊谷市街地へ93機、伊勢崎市街地へ93機、七尾、下関、宮津、浜田へ39機が飛来し、帰途小田原市にも爆弾を投下し作戦を終了しています。米軍側の記録によると、陸上爆撃はこれで終わりとなっていますが、この第３３１号の39機は下関海峡などへの機雷敷設を目的としていました。

こうして２９０余日にわたり合計３３１回の出撃命令（マリアナ基地のみ）とその他の作戦行動によって、14万７千トンを上回る爆弾を日本国内に投下しました。全く戦争と関係のない一般市民、特に非戦闘員で何の罪もない、女性、子供、老人が折り重なり傷つき、倒され、命を奪われました。ある推計によれば、罹災者は９６４万人を超え、非戦闘員52万人以上の命を奪ったということです。そして、広島と長崎の原子爆弾です。その原爆の被災者の苦しみは今なお続いているのです。

無差別攻撃で焼き尽くした

アメリカは、早期に戦争決着を目指していたようですが、１９４４年10月以降の日本本土攻撃が局地的であり、軍事施設の攻撃目標では早期に戦果が上らないと判断した軍部上層部は、翌年２月からは、当時武闘派と呼ばれていた司令官（戦後日本国は大勲位の勲章を授与）を登用し、その後の無差別攻撃を加えたのです。

その結果として、３月10日の東京大空襲にみられたように、地上の全てが攻撃目標とされました。東京では８万人以上が焼死し、１００万人以上が被災、大阪では１万人以上が焼死したと言われています。それは地上に絨毯を覆いかぶせるように焼き尽くしたので「絨毯爆撃」と呼ばれ、その非情極まりない無差別攻撃によって全てを焼き尽くされ、焼け野原となったのです。

B29搭乗員は「適当に処理せよ」

日本の軍部はこの無差別攻撃を恨み、Ｂ29の搭乗員は捕虜扱いにしないという理由の根拠として、Ｂ29の搭乗員は国際条約上の捕虜ではない、無差別殺人者であるとしました。そして捕虜扱いから除外し、各軍管区で「適当に処置せよ」と命令し、結果的には、各軍管区の判断で処刑されることとなります。

このことについて、ＰＯＷ研究会（戦争捕虜研究会）の福林徹氏の「本土空襲の墜落米軍機と捕虜飛行士」という一文をお借りして紹介します。

第２次大戦末期、日本本土は米軍の激しい空襲にさらされた。日本側の防空体制は弱体で、なすすべがないという状況に追い込まれたが、それでもかなりの数の米軍機（少数の英軍機を含む）が撃墜されパラシュート降下した飛行士が日本側の捕虜となる事件も発生した。

その結果日本本土と周辺の海域で約５７０人の連合国飛行士が捕まった。

しかし、日本政府・軍は彼らが国際法に定められた捕虜ではなく、無差別攻撃を行った戦争犯罪者であるとみなした。その結果半数近くが処刑、疾病死、あるいは空襲や原爆で死亡するなどにより、本国へ帰還する事ができなかった。

このような事件は、日本の敗戦後、横浜で行われた米軍によるＢＣ級戦犯裁判で大きな問題としてとりあげられ、飛行士の処刑や虐待に関わった多数の日本軍関係者が死刑を含む有罪とされた。

ＧＨＱ法務局は、この戦犯裁判のために、日本本土空襲で失われた米軍機と搭乗員の運命について徹底的な調査を行い、国会図書館憲政資料室にはその膨大な英文資料がマイクロフィルムの形で保管されている（以上、福林氏）。

ここにもあるように、大戦後、連合国は戦争犯罪者追及を行い、「戦争犯罪人」として指定した日本の指導者などがＡ級裁判（東京裁判）で裁かれ、その他「通例の戦争犯罪」を行った者はＢ級戦犯として、またＣ級戦犯は「人道に対する罪」に問われました。

また、ＰＯＷの資料によれば、中部軍管区内（※）で捕まったＢ29の飛行士57名の内の、55名―中部軍管区の軍律裁判による処刑で２名、中部憲兵隊での処刑39名、毒殺で６名、虐待と医療処置の欠如で8名―が死亡に至った事件があったということです。
また、8月15日の「玉音放送」後に処刑が行われている事実も明らかにされており、そのことが物語るのは何なのかを考える時、私は、戦争というのはまさに条約や法律など各国が交わした約束も意味をなさない、無法、残酷、残虐、人間性を否定する行為そのものだと改めて憤りを覚えます。

※旧日本軍の軍管区組織は、東部、中部、西部、北部、台湾、朝鮮、関東軍、の七軍管区が設置され、中部軍管区は名古屋、京都、大阪、姫路連隊で、昭和20年2月1日第15方面軍の編成で廃止され、その後は、第15方面軍司令官が中部軍管区司令官を兼ね、近畿地方の京都師管区（大津、京都、福井）と大阪師管区（神戸、大阪、和歌山、奈良）で軍政を統括していた（出典ウィキペディア・フリー百科事典）。

3. つながりのはじまり

1944年4月、私は小学校1年生になりました。初めての夏休みが終わる頃8月下旬に叔父（父の弟）が出征していきました。父親がいない自分は、叔父を父親代わりに頼っていたので、それからは寂しくて不安な生活が始まりました。

ちょうど同年輩の方も一緒に出征となり、日の丸の小旗を振って見送った記憶があります。

わが家は祖父母、叔母（父の妹）、それに母、姉、私の6人家族でしたが、灯火管制の夜などは急に寂しく心細くなり、それからは不安な日々が続きました。

そして、秋の取入れが一段落した11月の中頃になり、見上げた空に飛行機が編隊を組み連なり、少しのちぎれ雲の上、青空高く、南から北へと周辺一帯に重く響く爆音を上げながら、ゆったりと飛び去る日が続きました。その機体が太陽に照らされ、キラキラと輝き、ときどきピカリと反射、機体の最後尾からは、一直線の白い飛行雲が幾筋も描かれ、飛び去った後は白い帯状の雲が広がり、爆音が遠のくと共に静かな青空に戻る、そんな日が続いていました。

その飛行機がアメリカの超大型爆撃機Ｂ29だと知ったのは、その後墜落した時でした。上空１万㍍を飛ぶと聞きましたが、日本の高射砲は９千㍍までしか届かないというのが不思議で、でも日本には「ゼロ戦」があるから大丈夫と思っていました。

昼夜途切れない爆音と警報

１９４４年の秋が過ぎ、12月10日の昼ごろ初めて「警戒警報」が発令されました。リュックを背負い防空頭巾をかぶり、自宅裏の防空壕に逃げ込みましたが、警報はすぐに解除となりました。その後は２、３日に１～２回の警戒警報や空襲警報が発令されるようになり、警報の発令と解除が繰り返されるのです。そして、１９４５年（昭和20）の新年を迎えた頃からは、毎日のように飛行機の爆音と警報の発令が続き、それは夜も昼も途切れることなく続きました。

特に夜間は怖くて、布団の中でエビ寝状態に体を抱え、耳をふさぎ小さくなって怖さに耐えました。腹の底に重く響く爆音、その響きで枕元の障子がビビーと鳴り、余計に怖く震えながら夜明けを待ったものでした。寝床で聞く爆音は耳に残り、その後は怖くて眠れません。枕元の防空頭巾とその上の衣服、リュックを闇の中手探りで確かめる習慣が身についていました。31歳の母親が仏壇に向かい祈り続けていた姿を覚えています。それがB29と私の出会いの始まりであり、それ以後のB29とのつながりが今日まで続くのでした。

そして、1945年5月5日の墜落事件に出くわすことになります。初めて戦争の怖さ、恐ろしさを知りました。それまでは戦時中ではありましたが、直接戦火に遭遇したことはなく、まさに直接の戦時体験でありました。

この時以来、地元民はこの墜落事件のことを「ビーの日、ビーのこと」などと呼んでいます。当時アメリカの飛行機の機種はB29以外にB17やB24などがあったようですが、アメリカの飛行機をみんなビーと呼んでいました。そして、今なお地元でビーのことと言えばこの事件のことであり、慰霊碑のこと、慰霊祭のことにも通じるのです。

4. 墜落後の概要

当日は、落下傘兵士の事件で終わりましたが、地元民は墜落現場の周辺に集まり、放談、その内「現場には一切手を出すな」との伝達がありました。住民自身は、他に危害が及ばなかったので、案外冷静で居られたのだろうと思います。現場は大きな類焼もなく、煙はしばらく続いたものの自然に火災も収まり、カラスやトンビが上空を飛びかっていました。オイルに染まった谷水は何日も黄色や青い水となっていました。

尾翼は本体が落ちた場所より下流の尾根東に墜落し、エンジン部分とプロペラ一基は富登野前の丹生ノ川河原へ、ほとんどの機体は西ノ谷へ落ちていました。機首は下流を向き、その他大部分が破片となって散乱し、墜落地に近い周辺の山林や住宅や田畑にも小さな部品が散らばっていました。

搭乗員は11名だった

当日から捜索隊が招集され、墜落地点を中心に周辺の捜索が行われました。上山路村あげての捜索が始まり、地元の殿原では、6日から各戸が出工して（当時殿原の人口は126戸、765人）遺体の回収と山狩りが行われました。墜落現場では、東側の山裾を掘りその周辺に遺体を集め、左右の手足、胴体などの1体の部分で4人の遺体が揃い、その他1体は完全遺体であったとのことです。この遺体は、落下傘が開き機外に出ていて、飛行機の胴体で落下傘が抑えられたように見えた状態で山裾の傾斜に沿って寝そべった遺体だったのです。地域の人々は、４遺体と１人の完全遺体、それに生きた２人の落下傘降下兵で、合計７人と判断したようですが、４日後に小松原で新たに２人が発見され、当時は、搭乗員は合計９人との推測がなされていたようです。

B29設計時には、10～14名程度の乗員で爆弾搭載量を推計していましたが、終戦間際の戦局の展開により早期結末を図るために、作戦的に乗員を少なくして爆弾を多く積載すれば戦果を高めることにつながり、また11名でも充分目的は果たせたようです。

この真相については、戦後50年を経過の後、アメリカの機密公文書の閲覧が可能となり、搭乗員の数や乗員名が判明しました。その結果、搭乗員は19歳から23歳の青年11名であったということがわかったのです。

当地の墜落機

*機体番号　44－69899

*所属　第73航空団497爆撃群

*作戦任務　第146号

*目標　広海軍航空廠

この時（5月5日）の広航空廠への出撃数は、１７０機（現在の呉の自衛隊基地の記録では１６８機）で、その内損失機は２機、７名の戦没、４名の生存が確認されています。この生存していた4名の内、２人が7月20日に大阪の信太山で銃殺刑に処せられました。そして、残りの2名の内1名は、８月15日終戦の詔勅があったその日の正午過ぎに、真田山で処刑され、この兵士は当地の墜落機の機長であったのです。残りの1名は、記録では行方不明扱い（毒殺、病死、脱走、医療ミスなど）となっています。

第2章　慰霊碑と慰霊祭

1. 慰霊碑の建立

「朝日新聞」1947年（昭和22）11月23日付より転載

米軍遭難碑　戦いを越えた人間愛☆・・除幕式陰に咲く・・・☆

日高郡上山路村では戦時中同村殿原山林に墜落死亡したB29乗員六兵士の遭難記念碑除幕式を12月初旬挙行するが、この陰には国境を越えた日米国人の友情が秘められている——話は去る二十年五月のこと、日本空爆のB29一機が同村殿原の山林へ墜落、村民がかけつけたときには、十名の乗員のうち六名は死亡しており四名はパラシュートで降下、西牟婁郡二川村に二名、同村に二名着陸したが、折しも和歌山市三木町で戦災にあい同村に疎開していた吉中好信牧師（50）〝われわれは兵隊ではない武器を捨てた米人飛行士に何ら罪はない、〟と村民を説き伏せそれぞれ日本製のたばこや握り飯等を与えて優遇、六つのなきがらは現場に埋葬、村人たちは墓標をつくり他国にねむる米飛行士の霊を慰めた。

それから三ヶ月たち敗戦となり、墓地を訪れた進駐軍将兵はこの戦争を越えた人間愛に感激の言葉を同村民におくり引き揚げた。その後記念の供養塔を建設しようということになり準備中であったが台石は鉄平石を使い十字架を浮き彫りした重さは八尺の記念碑が完成したので和歌山軍政部、県知事、大阪からキリスト教関係者が多数参列して除幕式をすることになった。

現在の慰霊碑は、今から69年前の１９４７年12月12日墜落現場である龍神村殿原西ノ谷１１５８番地に建立された碑です。それから幾星霜、幾多の自然災害に遭遇しながら、５回にわたり設置場所の移動を繰り返し、墜落現場での慰霊行事を続けてきました。

現在の慰霊碑前で、著者近影

しかし、時代と共に慰霊碑の設置条件が変わり、最終的に区民の総意で１９９３年９月、６回目の移転で現在地である龍神村殿原宮ノ尾南原１２８０番地へ移動されました。

さて、慰霊碑建立の経過は、２００５年に出版した『轟音』で紹介しましたが、その後、聞き取りや関連資料の読み返しなどを通じて、新たな記録に巡り合えた内容を書き加えて経過を説明しておきます。

上山路村村長歴任記録から

特に私が関心を持ったのは、当時の役場の記録でした。戦時中のB29墜落事件後の村役場の指示、通達内容や対処など、どのように殿原区へ伝えられたのかが不明であり、唯一残されているのが、当時の「宿直日誌」と「米軍戦没将士記念碑除幕式一条綴」各1冊で、地元の記録は当時3年間区長を務めた方の回顧録のみです。

この残された記録から当時の事実関係を知る手立てとして、少なくとも村の責任者である三役（村長、助役、収入役）と区長との関係を理解する必要があり、さらに当時の三役がこの墜落事件にどのような関わりを持っていたのかを理解するために、村長の歴任記録を見たいと思い、現在の龍神行政局にお願いして当時の上山路村村長の歴任記録を調べていただきました。

そしてこの記録から、主にB29の関係事項を中心に時系列でメモをつくり、記録と経過、三役との関係を私なりに整理して考えてみました。

【上山路村歴代村長の抜粋（月・日は残された記録の通り）】

初代は、明治22年（1889）5月17日から明治26年5月16日（以下中略）

９代村長は、大正14年（１９２５）１月31日から昭和20年１月30日まで
第10代村長、昭和20年１月30日～昭和21年３月31日（終戦時）
第11代村長、昭和21年４月１日～昭和22年４月５日
第12代村長、昭和22年４月７日～昭和26年４月23日
その後は公選制となり、第12代村長が昭和30年３月31日まで務めた。

この記録を見るだけでも、当時のさまざまな実態を知る手がかりを得ることができました。当時の世相はまさに戦争末期の不安と混乱の状態であり、相当困難な状態だっただろうと考えられますが、それでも終戦前後の３年間で４名の村長辞任、就任をしていることは、私にとっては少し異常に感じるとともに疑問でした。

当時、村長の選任はどのように行われたのか。公選なのか任官制か、前任者の指名なのか、実際のところはともかくとして、この混乱の状態で公職に就かれた方の思惑と責任とが感じられる資料です。

Ｂ29事件は１９４５年５月５日、当時の村の執行体制である三役の役割が重要であったと考え、この時の村長に注目したのですが、前任者が１９４５年１月30日に辞任され、31日には10代目が就任されています。この戦争末期の非常時に首長が交代した理由に疑問を持ちましたが、

経歴を見て、前任者が任期満了であったとわかり、私の疑問は解決できました。その後の首長交代はどのように選任されたのか疑問が残っていましたが、これも終戦の混乱期の異常事態であったことから、地方自治の機能維持を考えると必然的な組織維持の手段だったのではないかと推測されます。

そして翌年の1946年3月31日に辞任されています。この第10代の選任経過が不明です。この点は、第9代の村政での助役であったことが就任理由なのかと思います。

それは、その後の村長と助役の関係で、10代、11代、12代村長就任者が3人とも前歴が助役であることから、次期村長就任への慣例であったとも考えられます。動乱期に於ける対処方法の一つの表れなのだと理解しています。

上山路村の「宿直日誌」から

当時は連日出征兵士を送り出し、また英霊を迎える日々であり、10代目村長は就任後4ヶ月目でB29墜落事件に遭遇、そして8月15日の終戦を迎えました。

宿直日誌の8月15日欄には、「本日正午今次大戦に関し陛下御自身ヨリ大詔御放送アリ同胞悲憤ノ涙ヲ流ス」と助役が記録し、村長の検証印が残っていますが、同8月30日から宿直日誌の検証印は、今までの村長ではなく助役に替わっています。これは歴史的節目とも言える就任でありました。

この10代目村長は、Ｂ29事件当日５月５日の午後と翌日６日は終日、全村に捜索隊の出動を発令し、同時にＢ29事件担当を助役に命じました。そして、その補佐として書記官を当たらせ、助役は現地での対応を全面的に任され、地域では区長がその処理、調整にあたりました。その後、８月15日以降のＧＨＱ対応についても、助役と書記官（後の収入役）はその窓口としての役目を担っています。

盛り土の上に墓標と十字架

Ｂ29墜落事件の対応という任務を受けた助役は、墜落事故後の６月９日に行っているＢ29墜落兵士の初供養の中心的な役割を果たしたようです。

供養当日は、村長、助役、警防団長、現在の大応寺ご住職の先代である松本宗演和尚、カトリック教会信徒の方、地元からは３人（区長、区長代理２名）が参加され、遺体埋没の盛り土の上に墓標と十字架が添えられました。

この墓標と十字架を立てた経過は、後に詳しく述べますが、捕えられた米兵２人は墜落当日の５月５日午後２時ごろに殿原の屯所で取り調べを受けて、５時過ぎにはトラックで上山路村東の役場に移送され、宿直室に確保されました。

宿直勤務は、１９４４年10月からは三役の内、助役と書記官が宿直任務に当たっていました。当夜の宿直任務者であった書記官のお話では、拘束された２人の米兵の捕縄は解き放たれ宿直室に入れられていました。当日の夜は冷え込みが厳しく、事務室の火鉢を部屋に入れ炭火を多くして暖をとれる状態にして、２人の兵士と書記官は、共に手足を火鉢に差し伸ばしていたが、話が通じず少し怖い思いで夜の明けるのを待ったそうです。戦後すぐにその書記官は収入役に任命され、その後長く同役を務められました。

また、収入役となった頃の回顧では、終戦後の１９４５年10月10日強風雨の中、進駐軍と要員10名が初めて埋葬地を訪れた時、前夜と同じく志満屋旅館に宿泊しましたが、夕食前に代表者の進駐軍大尉から、現地の埋葬行為及び墓標と十字架が立てられていたことに対し、感謝の言葉があったと話されていました。翌日も雨で、稲の発芽を憂慮したメモが宿直日誌に残っています。

「THE TWO CROSSES」の中の1946年当時の墓標

捜索と回収作業へ村あげて

墜落事件は、戦時中、軍事体制下での出来事であり、墜落現場での対処は、指示待ち状態であったと思われます。墜落事件後に殿原区長となった安達貞楠氏の回顧録には、「既に現場は炎もなく、類焼の危険もないと判断したが、散乱した機体や遺体の切れ端も一切手を出すことがなかった」と記録されています。

一方村長は、５日の午後と６日の終日、上山路管内に捜索隊の出動要請を出しています。殿原区では、５日の夜、各班から３～４名が出るように指示があり、一部は捜索隊へ、一部は墜落現場へという指示連絡がされています。

当時の殿原地域は、戸数126戸、人口765名で、15の隣保班に分けられ、昭和19年度の「現住人名簿」で見ると、各班で３名なら合計45～60名余が招集されたと推測できますが、実際はもっと多数の人が参加したように見えました。

墜落現場では、区長と区長代理と４名の村会議員が指示を出して、警防団員が中心となって遺体及び遺品的な物品（ベルト、カバン、くつ、衣服等）の回収作業が始まりました。

安達氏の回顧録によれば、「事件後は見学者、関係者の現場訪問があり、その対応に夜も昼も振り回され多忙を極める状態であった」と述べられています。しかし、そんな中でも一刻も早い遺体の埋葬という処置に苦労された様子が伺われます。

そして実際の処置は、墜落機体の上流側の山裾に大きな穴を掘り、遺体の各部位を確認しながら、左右の手足や胴体、小さな部位まで持ち集められ、1体毎に確認した結果、頭部は皆無だったが4遺体が形成されたと聞いています。従って、現場では4体の遺体が揃い、先に落下傘を機体に押えられた完全遺体1体と合わせて5遺体が確認されたのです。

そして最後に土をかぶせ、埋葬された所が盛り土となり、その上に雑木が1本立てられました。これは作業に当たった区民が、山から手ごろな雑木を切り取り、盛り土の中央部分に立てたものです。その状態はしばらくの間残っていたので、当時の見学者の方々はその現場を見られているのではないでしょうか。これが墓標のはじまりだと言えます。

遺体に小石を投げつけた

当然、当時の住民の心情は、敵兵に対する憎しみの感情があったのは事実でしょう。中には哀れだと感じた方もおられたかもしれません。現場の状態を見た方々はいろいろと感じられたのではないかと思います。

私が一番心に残っているのは、兵士の遺体に向かって小石を投げつけたことです。落下傘で降下し、機の胴体の傍であお向け状態で亡くなっていた遺体に向かって小石を投げつけたのです。

大人（警防団員）の指示があったとはいえ、その時は、憎い敵兵との思いがあっての行動だったと思います。その投げつけた石を握った指の感覚と兵士の体に当たった鈍い、嫌な音が随分後々まで残り、成人した自分が「命を大事にしましょう」と言う言葉の虚しさを感じ、「死者にムチ打った者」が言えるのかと、いろいろ思い悩んだ出来事でありました。

その兵士が、19歳のヘッサーさんだったということが50年後に判明したのです。戦争という時代の下、地域住民は複雑な感情を抱えながら、また、苦しい生活の中、埋葬作業を行ったのです。

初供養について

ここでカトリック教会関係者について少しふれておきます。

和歌山市在住のカトリック信者であった吉中好信氏は、終戦前に奥さんの実家に近い上山路村西地区へ一家揃って疎開されていました。

この吉中好信氏の娘さんである吉中公子さんは、１９４５年４月から、東国民学校殿原分教場に勤務されており、当時、小学2年生であった私の担任の先生でした。

公子さんは、墜落当日の5月5日、分教場の運動場からＢ29の墜落を目撃されたことをよく覚えておられました。

当日、捕えられた米兵2人は屯所で取り調べを受けるのですが、その屯所に隣接していた「丸田屋商店」が当時食糧配給所であった関係から、墜落事件後に、公子さんも地域の方々と一緒に当日の捜索隊員への炊き出し作業に当たられた体験を持っていて、丸田屋の炊事場でおにぎりをお皿にのせ、外にいる方に手渡したことなど、当時の思い出をお聞きしました。

そして、翌日墜落現場に行き、若い兵士が急斜面にもたれて直立不動のような姿で亡くなっていたのを見たこと、その彼の胸に十字架を見たことなども話されていました。

それが、私が見た同じ兵士だったのではないかと思います。このお話は、2014年9月13日の午前中に先生のお宅をお訪ねした時の内容です。なぜこんな機会が持てたのかは、いろんな経過はありますが、今から11年前の2004年5月5日、60回目のB29墜落兵士の慰霊祭へ先生が参加され、戦後60年後の再会を果たしたことが始まりでした。長い空白があり、先生は「随分と変わりましたね、覚えていますか」と尋ねられました。私は、先生に「吉中です」と言っていただかないと思い出せませんでしたが、お名前を伺い、60年前の2年生の記憶を一つひとつ思い出しました。

「吉中先生も随分変わりましたね」とは言えず、「お久しぶりです、こんなになりました」と再会を喜び合い、これが契機となり、今では機会あるごとに近況を交換しています。

１冊の本との出会いから

そうした経過の中で、２０１４年９月13日に和歌山市の自宅へお伺いさせていただきました。そして当日、見せてもらった１冊の本に興味をもち、ご無理を申し上げ２週間の約束でお借りして帰りました。

その本は「THE TWO CROSSES」（１９５５年版）という本で、著者は、３年間アメリカで生活された和歌山市の中尾廣次さんという方で、挿絵も和歌山市の画家、玉置清さんでした。

「THE TWO CROSSES」の表紙（1955年発行）

この本は、墜落当日、落下傘降下した後に拘束された、マクスパーデン機長とスパークス機関士の２人の米兵の様子や宿直室で夜を明かした状況、慰霊碑建立に関わった信者の方とその後の関係を記録された全編色刷りの印刷本で、中には、１９４６年の春に撮影した、仏式の墓標と十字架が墓地に立っていた写真が掲載されています。

ここに記録された内容と村の資料、吉中公子氏の記憶をたどり、１９４５年６

月9日の初供養の経過を以下に整理しておきます。

まず、1945年6月9日に、助役が中心となり初供養が実施されました。この初供養では、信者である父親（吉中好信氏）が十字架を作られたと先生は話され、遺体を埋めた盛り土へお花を供えに何回か行ったことや、お寺さんの墓標と十字架を建てたのは土曜日だったことなども伺いました。

このお話と資料に残されている「B29初供養」の付箋、そしてその後の公文書報告がこの日を記録していることから、初供養が6月9日（土曜日）であったと言えます。

そして、お借りした本の標題が、「THE TWO CROSSES」で、二つの十字架を意味していますが、その一つ目は、龍神村に初めて十字架が建たれたのが1938年ですから、従って1945年の十字架が「二つ目の十字架」との意味合いを示す記録であると理解しています。同時にこの本の副題に「A TRUE STORY」との表記があります。

そうして、最終は1947年12月の慰霊碑の除幕式へと結びつきます。

墜落現場に建てられた墓標は「大圓鏡智為聯合國戦士霊位」を山手側に、その前の十字架には「聯合國軍戦士之塔」と記されました。

この時の標題文字は、大應寺の宗演和尚の筆でした。宗演和尚は、宗教上で戦争は「委棄」とする行為であったと言い残されています。

「THE TWO CROSSES」に載っている注文を受けた久保石材店（和歌山市に現存）の職人の作業風景

慰霊碑の注文から設置まで

１９４６年４月１日、第11代村長が就任し、直ちに慰霊碑の注文準備を始めました。同じ時点で信者の吉中さんが、手書きの慰霊碑の規模（寸法図）を書き込んだ原案を助役に示して協議に入ったようです。

慰霊碑の標題を記念碑とするか、墓標か、または供養碑（塔）、慰霊碑など様々な案が出て苦慮されたようです。終戦後、１９４６年４月から新学制への移行が始まりましたが、その実施については、当時の村の予算を考えると相当困難な状態であったと思われます。そんな中、学制移行の経費は、４学区（宮代、東西、殿原、丹生ノ川）で５０００円程度が計上されています。しかし教員不足、施設不足、また中学入学希望者が少ないという実情もありました。当時の生活は食べることが優先される状態で、中学校への通学も難しい世相があり、新中学校制度の実施が危ぶまれた状態でした。

そんな時、村出身者で和歌山県民生部へ勤めておられた方が、新学制への移行支援策と共に墜落米兵の慰霊行為に対する経費支出に努力されたという経過について、残余書類から推測することができました。

そういった時代に、村議会の承認などの手続きを経て、信者の吉中氏の原案を基本にした慰霊碑が石材店に発注されたのです。

この経過については、当時泉南に住まわれていた方で、日高郡の川上か山路の出身の「そうがわ」と名乗られた方が、和歌山市北金屋町の「和泉屋久保石材店」を訪ねて来られて注文されたと、現2代目石材店主、久保富義氏の証言によって再確認できました。

慰霊碑は住民の協議を重ねて

村当局は、戦後の動乱期で村行政の課題は山積し、暮らしの立て直しに奔走。復員兵、英霊の出迎えや公葬、伝染病対策、食料難対策、干ばつ対策、新乳児のミルク支給など厳しい社会情勢に置かれる中、村が慰霊碑の発注に至った背景には相当厳しい判断が求められたと考えられます。

その中には、敗戦国の悲しい実態の臭いを感じますが、時勢の移り変わりの中で慰霊碑を建て、先ず村民総意の象徴へと導いた関係者の努力に感謝の意を持つべきではないかと思います。当然、戦時下の体制や考え方など裏と表、上と下、全てが基本はなく、全てが新たな時代への変革期でした。

その中で当時では考えられない高額資金貸与の個人名義の支援があり、１９４7年3月31日、11代村長が辞任に当たり、この情勢を乗り超えるために村長の辞職時の年俸報酬の半額を慰霊碑建立経費に寄付されたということもありました（村長年俸２０００円の半額を寄付）。これがいわば起爆剤的な行為であったと考えられます。

現場に立てられた慰霊碑を1949年にGHQの方が訪れた

特に貨幣制度の切り替え、公定価格と闇価格が逆転し、国よりも個人の信用が先行した時代でした。同時に12代目の村長が１９４７年４月７日就任（3年後より公選制）、その後の記録では、12代村長が積極的に先導され、早期に慰霊碑発注と予算化を図られて注文され、慰霊碑が完成し除幕式が行われたのです。従って、公的な事業ではあ

1949年9月24日、現地での慰霊祭の後

B29墜落記念碑前で。右から寺本通訳（民事部）、モルガン少佐（民事部）、田ノ岡亀次郎（上山路村長）、松本宗演（上山路村大応寺僧侶）、明山義雄（N.R.P 日高南地区署長）、中村美雄（中山路村巡査部長派出所）、松本眞一（和歌山懸公安委員）、波岩敏郎（和歌山懸警察隊長）、龍田卯三郎（N.R.P 秘書企画課）、土井正次郎（和歌山懸公安委員）、松本国男（龍神村松本旅館主）、本多勤（N.R.P 総務部長）、宮本種晴（協和漁業業務部長）、矢野良照（N.R.P 防犯統計課長）

りましたが、残されている個人名義の借用証書や領収書調整メモなどから考えると内部では関係された方々の多くの努力のあとが見られます。

その他、現存する資料の慰霊碑支払い領収書、関係者の貸借関係の残余書類から、残された各種の支払いや財政運営など私では詳しく読み取れませんが、この経費の捻出は、村が主導とはいえ、何人かの個人が、しかも多額の貸借関係であったとする記録もあり最終は行政の責任で全て決済されています。

特に予算の半期分が24万円と

いう小さな村の財政状況から考えると、相当大きな負担であったことは確かです。

初期の目標は2年間で決済されていますが、村自体は借入金を充てられたようです。

これらの経過を経て、最終的な決算は１９４７年11月11日、12代村長の決済で支払いは完了しています。この状態で慰霊碑は現地に建ちますが、除幕式関係もまた、多額の経費が必要だったことが明らかになっています。そして、それに至る経過を理解するためには、直接的に当時の行政の指導者が果した役割が大きかったことを認識しました。

この村長は、終戦時には警防団長でありましたが、戦後は助役を務められ、その後村長に就任し、昭和30年の町村合併まで務められています。

同時に、具体的な形状や標題文字は信者案が基礎となり、その具体化は、教会関係者の努力があったと思われます。

その内容は、先の教会が出された本の中にも記録されています。

機体搬出に2年余り

一方地元では、戦時中、機体搬出命令が出され、前段の作業道の整備を申し付けられた区長は回顧録を残しています。

それらの記録は、地元が担当した慰霊碑建立場所の整地と用材の調達、搬入、支払い、就労者待遇、作業道の開設、機体搬出作業の開始、指定業者の決定などの実態を示しています。

終戦後の物品が貧しい中で、１９４７年10月末、機体搬出が終了しました。たった１機のB29の残骸ではありましたが、その搬出量は膨大で、しかも人力が主体であり、谷の中から重い金属片を背負い、県道沿線に山積し、それを三輪自動車と牛車や馬車で搬出する作業は２年余の歳月を費やしたのです。

同年11月11日、慰霊碑の墜落現場への設置が完成、１９４７年12月12日午前10時10分の除幕式に至ります。ここでも、地元区長の指示で多くの住民の協力があったことを特に記憶に留めておきたいと思います。

また、１９４７年、西の志満屋旅館前の県道に慰霊碑の案内板が建てられ、それは、１９５３年（昭和28）の水害前までは存在していました。それも吉中氏の行為であると思われます。

案内板の内容
People in the world, come to Ongyoji.
Visit The monument of human love, in the valley called Nisinotani
Love, and you shall be loved

The monument of human thought in the direction of truth. 6km to Nisinotani
世の人よ　来たり訪ねよ　恩行司　西の谷間に愛の碑
愛せよ　されば愛せらるべし　人類の思想の行進はよし遅くとも
真理の方向に向かいつつあり　西ノ谷まで６km

慰霊碑の概要
慰霊碑　１９４７年11月11日設置（和歌山市の久保石材店製）
基　礎　幅　１８０cm　×　奥行き　１１８cm　×　高さ　９０cm
第１台座　幅　１１０cm　×　奥行き　１００cm　×　高さ　２０cm
中央碑　幅　９０cm　×　厚　さ　１０cm　×　高さ　１９５cm
碑面の文字（和歌山市の天石東村氏による）
　右に　「連合軍」
　中央に　「戦没アメリカ将士之碑」
下部に「WHERE LOVE IS GOD IS 5.5.1945」
　碑面の上部中央には十字が浮き出しに彫られている
第一台座銅版埋め込み

現在の慰霊碑

銅板に彫られた聖書の一節
They shall beat their swords into
ploughshares and their spears into sickles.
Nation shall not lift up sword against nation,
neither shall there be war any more
Isaiah 2:4

彼らは　その剣を打ちかえて　鋤きとし、その槍を打ちかえて鎌とし、
国と国に向かって、剣をあげず　彼らはもはや戦い事を学ばない
イザヤ2章4節

慰霊碑建立式典
於・墜落現場
1947・12・12（金）晴10時より実施

［式順］　1、一同整列　2、式典の辞　3、除幕・玉置昌代、古久保功恵　4、祝別・神父
5、祝辞　6、来賓祝辞　7、祝電披露　8、礼拝、12名が実施　9、閉式の辞
10、解散

［司会］　教会代表で吉中好信

［連合軍アメリカ戦没将士除幕式招待者名簿］
和歌山県知事、田辺市長、和歌山市長、渉外課長、中山路村長、下山路村長、龍神村長、南部町長、古久保数嘉、御坊土木出張所長、高野組、日高地方事務所長、西牟婁地方事務所長、南部警察署長、前県議町田義友、中尾望海楼館主、寒川明忠、古久保文彦、升埼国彦、杉谷盛一、林正信、深瀬尚一、上山路中学校長、東小学校長、久保要三郎、大嶋仙吉、天石東村、大応寺住職、辻本龍永、宮代小学校長、廣﨑技手、永井巡査、殿原分教場主任、村議会議員16名、ギリナン神父（仏）、メルシエー（仏）、英国同、メリノール会（米）、和歌山軍政部3名、大阪軍政部、伊丹飛行場、吉中、池田神父、古屋神父、山中神父、東西・殿原出身議員委員長古久保多丸

［報道機関名］　毎日新聞和歌山支局長、日高時事新聞社長、朝日新聞社

［祝電］　アメリカメリノール教会天主教会内　伊丹空軍基地牧師　エヴァーツ・キング、エクグレラス和歌山軍政局内　レバーソン神父、ア・グリナン神父、カトリック京都区長、

豊中教会池田神父、大阪紀国町日本カトリック玉造天主公教会、山中神父、京都メリノール会とグテレス、カトリック教会京都区長、豊中教会記付で古屋神父、チャブレン・ガース、エバンス神父、和歌山軍政部、エフ・ゴラテス

［集合場所］　殿原分教場

［当日の供物］　リンゴ１貫目４００円　ミカン１貫目１７０円、柿１貫目２３０円、お供え籠１つ30円、計８３０円（１貫目は３・75kg）

［経費］　暖房用木炭３俵１７０円、藁草履25足１３５円、箸30円、大根１貫目25円、日本酒25本５２５０円、宿泊費６０００円、折代、運賃とも８６００円、米代１２００円、ハイヤー代５７００円、慰霊碑建立工事９８２８円、遺体回収宿泊代１５８００円、米代３７０円、慰霊運賃２２００円、その他諸経費除幕式経費等総額経費７万１５５円（慰霊碑６４５０円、人件費２５８０円を含む）（読み取れた経費のみ転記）

（参考に、昭和22年当時、米60キロ７００円、大卒初任給２２０円でした）

※地元の人の参加

地元民は、古久保数嘉（前任の区長の代理）、区長の安達貞楠（村議を兼任）と地元の村議の深瀬真吾と庄司信定の各氏を中心に、約30名の人々と小学校の５・６年生、新制中学生の内の希望者数名が参加されたとのことです。

村長の式辞と県知事の挨拶文

【式　辞】

維持昭和22年12月12日アメリカ戦没勇士の記念碑除幕式の式典を挙行するに當たりまして上山路村村長田ノ岡亀次郎謹んで敬弔の誠を捧げます。

熟々按じまするに、この擧は　神仏の人に賜はる愛の御教を我も体し村人、国人、否世界の人々が体しますことによって、村の、国の、世界の平和と人類愛を樹立して以て在天の霊を慰めんが為の発願であります。人類の歴史に、人の一生に、興亡浮沈幾変遷はありますが、愛こそ不滅、究極の理想郷であります。

小さく狭く考えて見ますれば国家危急の際、勇ましく雄々しく愛し子を兄弟を、父兄を戦場に送りますが、皆人の心の中には立派な働きをして祖国愛を発揮せよ、瓦となって全からんより、玉となって砕けよとは励ましますが、又一面無事でかえれよ、異境にあっては優しく情義に満ちた扱いをされたいとは大凡人の人たるものは日本、外国を問わず思い考え念ずる所であろうと考へられます。好戦國とは称せられながら又一面君子国の称ある如く吾國にも遠くは島津公の高野山に建てられた敵味方供養塔、蔚山沖の海戦に於ける上村艦隊将士の情愛の如き人類愛の血は吾々の中にもながれているのであります。この心が昭和20年5月5日に湧然と発しまして供養碑の建立となったのであります。

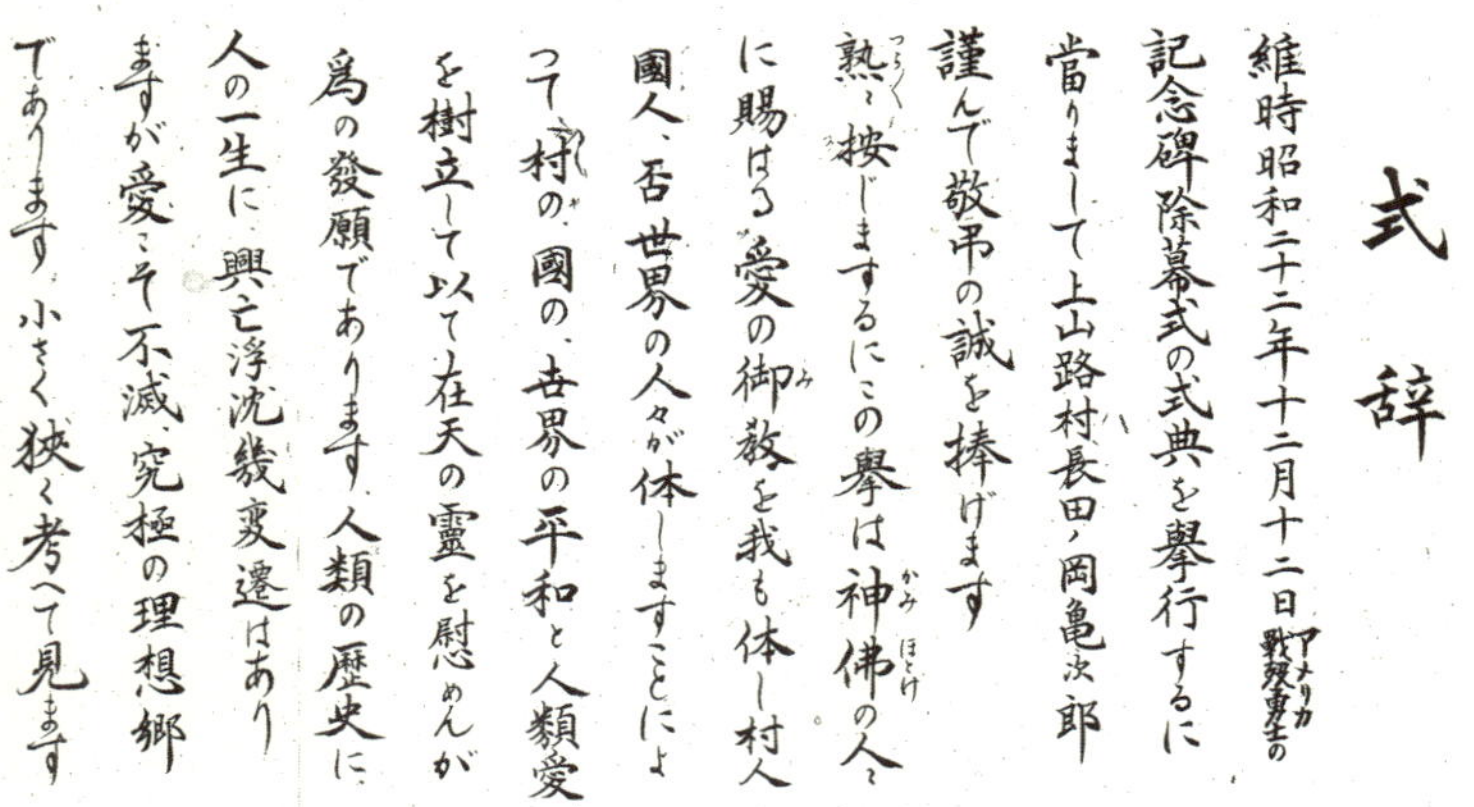
式辞

維時昭和二十二年十二月十二日アメリカ戰殁勇士の
記念碑除幕式の式典を擧行するに
當りまして上山路村長田ノ岡亀次郎
謹んで敬弔の誠を捧げます
熟々《つらつら》按じまするにこの擧は神《かみ》佛《ほとけ》の人々
に賜はる愛の御《み》教を我も体し村人
國人、否世界の人々が体しますことによ
って村の國の、世界の平和と人類愛
を樹立して以て在天の靈を慰めんが
為の發願であります人類の歴史に
人の一生に興亡浮沈幾変遷はあり
ますが愛こそ不滅、究極の理想郷
であります小さく狭く考へて見ます

1947年12月12日、除幕式での田ノ岡亀次郎上山路村長 の式辞文

祖国の為に盡す心は一つ、国に愛し親、愛し妻、愛し子等の待ち祈っているも同じ人生を尊び霊魂を崇ぶ心も同じの人の真心から発し、惻隠の心止むにやまれぬ哀情からの行いであったのでありま す。

以来四季折々の供花、献香に年々の供養の会に断間なく続けられて参りましたが、本年2月御遺骨は懐かしの母国に帰らるることになりました。5月5日に回り合ふ毎に当時の村人たちの行が戦時、平時を問わず国の内外を問わず恥かしいものでなかったことをうれしく思ふのであります。

終戦後、新憲法の下、平和主義に徹した祖国再建の今日、8月23日村会議決により記念碑を建設して一つには英霊を敬仰致しますと共に、永久平和、親善の一指標としたいとの念願から工を進め本日茲に除幕の式典を挙げ得ますことは私としましても誠に本懐の至りであります。

和歌山軍政府の方々、神父各位、内には知事、各課長、所長、各市町村長、議会議員、その他関係各位のご臨席を得まして除幕慰霊の典を挙げますこと、定めし国は異なり儀式は異なっていましても在天の諸霊はおうけ下さると信じます。

終りに其日以来の殿原区各位の一方ならぬご尽力に厚い感謝の辞をお贈り致します。

猶終始一貫この事につきこの催しにつきまして一方ならぬ御指導とご尽力を頂きました吉中牧師殿に村人一同と共に深謝の誠を捧げたいと存じます。

愛こそ神の御教、慈悲こそ佛の御諭、情は人の為ならず愛こそ家、村、国、世界の大経でありまして神に通ずる道であります。

茲に日頃の所懐の一端を述べて式辞と致します。

昭和22年12月12日

上山路村長　　田ノ岡亀次郎

（読みやすくするために、原文に句読点を付けています）

【挨　拶】

維持昭和22年12月12日　茲ニ上山路村ヲ中心トスル地方有志　並ニ宗教家の篤志ニヨル米国遭難勇士記念碑ノ建設成リ其ノ除幕式ヲ挙行セラレルニ當リ其ノ席ニ列シ一言御挨拶ヲ述ベル

機会ヲ與エラレマシタコトハ私ノ深ク光栄トスル所デアリマス、

惟ウニ　茲ニ眠ル米兵勇士諸君ハ先年太平洋戦争方ニ酣ナル時、祖国ノ召ニ応ジ身ヲ挺シテ戦ニ参加シテ到ル所ニ武勲ヲ樹テ世界無比ノ飛行機B29ヲ駆ツテ遥々渺々果テ無キ太平洋ヲ超エテ飛来シ漸ク日本ノ国土ニ到達スルヤ不幸飛行機ノ事故ニ遭イ異郷ノコノ淋シイ山間ニ壮烈ナル戦死ヲ遂ゲラレタモノデ、アリマシテ諸君ノ胸中ヲ察シテハ衷心同情ト哀悼ノ念ヲ禁ジ得ナイモノガアリマス、

當時諸君ノ英霊ハ直チニ吉中牧師始メ地方民ノ愛ノ手ニヨッテ厚ク取計ワレ戦時意識ヲ越エタ其ノ高キ道念ニヨッテ鄭重ニ葬ラレ他方諸君ノ親愛ナル戦友タル生存有志モ亦温イ愛ノ手ニ保護セラレタトイフコトハ、私共ノ尊敬スル米国将士ガ常ニ抱懐セラレル高キ人道精神ガ自カラ此ノ地方ノ日本国民ニ感応浸徹シタモノニ違イナイト信ズルモノデアリマス、

即チ勇士諸君ノ尊イ精神ハ茲ニ遠ク極東日本ノ国民精神ヲ啓発スル貴重ナ資料ヲ供給シテ下サッテ此ノ山奥ノ草深イ里ノササヤカナ墓碑カラ日本ヲ導ク尊イアメリカ精神ガ不断ノ光芒ヲ放ツコトヲ考ヘマス時　私ハ今更和歌山県ノ首長トシテ一ツノ誇リヲサヱ感ズルモノデアリマス、

勇士諸君ハ只今　身ヲ雲山萬里ノ異域草葬ノ地ニ埋メタトハイエ其の精神ハ人類ノアラン限り永遠ニ滅失スルモノデハアリマセン　ドウカ静カニ安ラカニ眠ッテ下サイ

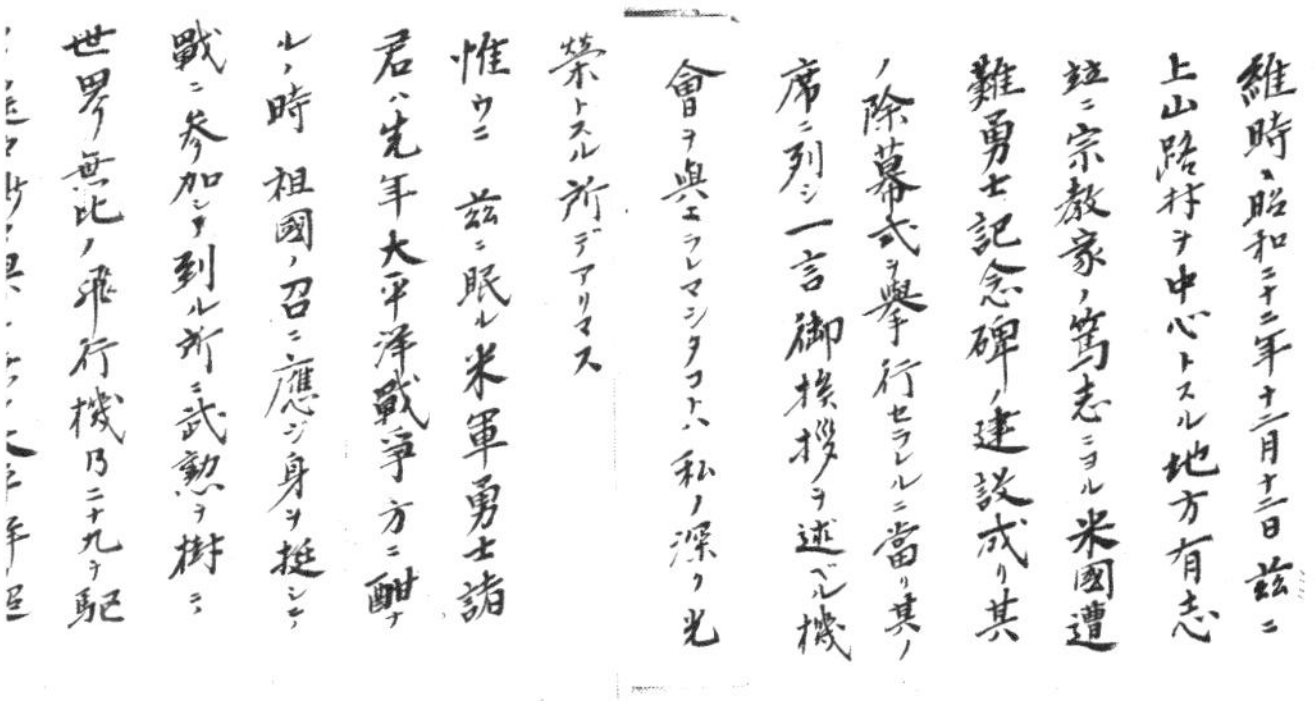
挨拶
維時、昭和二十二年十二月十二日茲ニ
上山路村ヲ中心トスル地方有志
並ニ宗教家ノ篤志ニヨル米國遭
難勇士記念碑ノ建設成リ其
ノ除幕式ヲ挙行セラレルニ當リ其ノ
席ニ列シ一言御挨拶ヲ述ベル機
會ヲ與ヘラレマシタコトハ私ノ深ク光
榮トスル所デアリマス
惟ウニ　茲ニ眠ル米軍勇士諸
君ハ先年大平洋戦争方ニ酣ナ
ルノ時　祖國ノ召ニ應ジ身ヲ挺シテ
戰ニ参加シテ到ル所ニ武勲ヲ樹ニ
世界ニ無比ノ飛行機B二十九ヲ駆

1947年12月12日、除幕式での小野眞次和歌山県知事の挨拶文

尚　私ハ此ノ機会ニ於テ当地方人士諸君ニ一言感謝ノ言葉ヲ申上ゲタイ、

先年戦争ニ狂奔セル国情ノ最中ニ於テ冷静理性ノ指導ニ従イ高キ人道ト愛ノ本義ニ則リ遭難勇士ヲ遇スルノ道ヲ誤？コトノナカッタ当地方人士ノ平和的国際的義心ニ対シ深キ感激ヲ禁ジ得ナイモノガアリマス、

此ノ点我県民否日本国民ノ名ニ於テ謹デ感謝ノ意ヲ表シマス　又連合軍政府当局ノ方々並ニ連合国側宗教家ノ方々が此ノ不便ナ所マデ態々御足労御参列賜ハリマシタコトに対シマシテハ　私ノ厚ク感謝スルトコロデアリマス

以上疎辞其ノ意ヲ盡シマセンガ一言述ベテ御挨拶ト致シマス

昭和22年12月12日

和歌山県知事　小野眞次

人として当たり前の生き様

私たちは今、歴史に学ぶということ、そのことを、ひとつ、そしてまたひとつを積み重ねて、真実に迫ることが可能だと思います。当時の先人たちが、この史実の中で何を思い黙々と生きたのか、その生き様を次の時代に伝え生かす責任を感じた私の取り組みでした。

その中身はまだ十分ではありませんが、この取り組みから学んだことは「歴史を創造するのは、権力者ではない」ということ、素朴な国民の力が結集した結果であるということです。

もちろん、関係する組織、団体や行政組織の指導と協力支援の役割は必要ですが、基本は人間が行う社会行動力であり、その中の社会生活力が原点であると思います。

特に私は、墜落事故以来、慰霊碑建立までの約3年間で成し遂げられた先人のご努力に敬意を持ち、且つ感謝していますが、それと共に71年間この地の人々が、静かに黙々と重ねてきた慰霊行為に感謝と感動を覚えています。

それは、目には見えるものではなく、名誉栄達や利得や権力、権威を求めたわけでもない、あるがままの素朴な感情による行為であり、人間としてごく当たり前の生き様だと思うからです。

ある時、私は69年前の保存資料の中にある一枚の名刺の裏に「殿原や　歴史に乗せた、供養塔」というメモを見つけました。

この方はどんな思いで書かれたのかわかりませんが、当時の人々の思いとは異なると感じました。確かに徐幕式当日の情景を詠まれた感想なのでしょうが、この日に至るまでの墜落時以降の住民が遭遇した実態が理解されていたのだろうかと考えてしまうのは私の一面的なとらえ方なのでしょうか？

記念写真に地元民は写らず

当時、住民が目にした惨状、そこに倒れ、一面に散乱した小間切れの遺体、それを啄ばむ野鳥、悪臭とヘドロの谷水、それは正に修羅場であり、夫や子の命を奪われた遺族がどんな思いで遺体回収作業に当たったのか。5月とは言え、まだ肌寒く、モンペ、タンク姿で手袋もなく、あの惨状で肉片を抱え、泥と油に汚れた住民の姿。

車馬のない道のりを人力の「意気」だけで重い慰霊碑を運ぶやせ細った復員兵、そして、墜落2年後の埋葬遺体の掘り出し作業、表現しがたい臭いと骨から落ちる肉体の切れ端を素手で掴み出し、小さな骨まで「ふるい」にかけて探した酷寒の2月の4日間、その従事者6人分の賃金は420円と、2升の合成酒でした。これ全てが「戦争」の産物です。その作業の傍では「たき火で温まる人間」がおり、完成した墓地の記念写真には、地元民は写っていないのです。

戦争の不条理を解く前に、一人の人間としての感情を出すことなく遺体回収を課せられたことを思えば、きれいな言葉や詩歌が文字となり、その情景が読めるのだろうかと感じたのです。しかも戦後の貧しく、厳しい生活を強いられている住民には、聞かせたくない美辞麗句と感じ、今もなお同じ気持ちで過ごしています。

私は、15年戦争で父親を失いました、この戦争時代を歩んだ祖父母に責任があると思った時もありましたが、祖父母も子供の命を奪われ嘆き悲しんだのです。同じように戦争の不条理を恨んでいただろうと感じた時から、私は、戦争を恨み、戦争のない時代や社会を目標にして、「戦争で幸せは創れない」と確信をもって生きて来ました。そして今も戦争に反対し、戦争のない時代や社会を子や孫に引き継ぐ想いを強く持っています。

2. 引き継がれた慰霊祭

第71回目の慰霊祭

2015年5月5日（火）晴9時より第71回慰霊祭を行いました。

全国的に戦後70年の節目と言われ、例年になく報道機関に取り上げられ、世の中が「平和のバーゲン」の1年にならないことを願って迎えた5月5日でした。

私たちは、この慰霊祭が不戦を誓い確かめ合う機会だと思っています。また、普段着でみんながが集える楽しみの場面、機会でもあります。今年は、各地から約２００名の方々をお迎えしました。

参加者の眼差しは「連合軍アメリカ将士之碑」とB29機体番号44－６９８９９、第73航空団４９７爆撃群所属の搭乗員11名の遺影に注がれていました。

今年は、全国的に日本の戦後史70年の節目と言われています。この地域では、毎年が節目としての慰霊の行為であります。

従って、今後も地域行事としての慰霊行為が続けられますが、今年は、この慰霊の行事を次の世代の方たちにどう引き継いでいくか、その活動の具体的な一歩として、史実の語り継ぎ活動の継承を３人の方々にお願いしました。お三方共に関心と意欲を示してくれ、第71回目の慰霊祭当日に紹介させていただき、大きな節目を迎えたのです。この３人の方々が史実の語り継ぎを担当してくれることになり、今後は、地域の中で次世代の方々がいろいろな役割を分担し合ってこの慰霊祭を後世に引き継いで頂けると心強く思っています。

慰霊祭のあり方はもちろんのこと、その他の地域生活の継承は時として大切な節目を迎え、これは、一般的な親から子へ、子から孫へという伝承ではなく、地域の中での年代層での引き継ぎが大事だということをかねがね考えていたので、そんな期待を込めて、新たな歴史の節目を確認できたと喜んでいます。

もちろん、私自身はこの先も体力が許す限り関わりを持ちたいと思います。

なお、当日は、70周年の節目として、田辺市長からのメッセージを龍神行政局長宮田耕造氏が代読されました。ここに原文を掲載させていただきます。

【市長　メッセージ】

本日、多くの皆さまの御列席の下、B29搭乗員の慰霊祭が執り行われますこと、地元殿原区長様はじめ、関係の皆様方に心から敬意を表したいと存じます。

これまでもこの慰霊祭に参加させて頂く中、何時も感じますことは、先の戦争を風化させないよう、地域挙げての取り組みを営々と続けられてこられた皆様方の強い「地域の力」、そういったものを感じております。

今年は、戦後70年の年でありますが、墜落のその年から犠牲となった米兵の慰霊を地域で続けられている事を初めて知ったアメリカ空軍の音楽隊による追悼式典が昨年10月にこの慰霊碑の前で行われたところでもございます。

また、この3月には、再編集されたドキュメンタリー映画「轟音」を私も皆さんと一緒に鑑賞させて頂く機会に恵まれました。大戦を経験された方々も益々高齢化し、戦争を知る人は少なくなって行く一方で、こうして地域をあげて、戦争の悲惨さを風化させることなく、地域の歴史の一つとして、後世に伝える取り組みを続けられていることは、大変意義深く、二度と戦争を起してはならないという思いを、我々も後世に語り継がなければならないと思っているところでございます。

あとになりましたが、犠牲になりました米国兵士の御霊のご冥福をお祈り申し上げ、世界平和と本日お集まりの皆様方のご健康を祈念申し上げ、挨拶とさせていただきます。

平成二十七年五月五日

田辺市長　真砂充敏（代読）

71回目の慰霊祭を終え

今年も、大応寺の周和和尚の読経と参加者代表による焼香、カトリック教会神父のお祈り、参加者のお参りで慰霊行事は終わりました。

社会の流れに従い、式後には戦後70周年記念事業として「餅まき」を実施しました。その後の「でんでん広場」は恒例となり、年々賑やかで交流の機会となってきました。

地元民の主食であった「山路お粥」とつきたての「よもぎ餅」は定番化し、それぞれ参加者の会話と交流、再会の場となりました。

顧みると初回から先代の宗演和尚が33回の回向を重ねられ、そしてまた現住職の周和和尚は２０１５年で38回目の功徳を重ねていただいたことになります。

慰霊祭参拝者に戦後70年目の餅まき

また、カトリック教会紀南ブロックの「平和の祈りの日」として近年定例化され、今年も多数の方々がお祈りを捧げられ讃美歌を歌ってくださいました。

こうして今年も例年のように慰霊祭の儀式と多数の方々との交流が終わりました。

慰霊祭の歩み

1945年6月9日午後、8名の参加により初供養が行われました。そして翌年の4月、第11代村長の就任と同時に村の予算で埋葬地に石積と柵がつくられました。そうして1946年5月5日1周忌の供養の卒塔婆が建てられました。当時は、お布施が20円だったと記録されています。慰霊祭後の5月27日、米軍による現地訪問があり、翌年の2月に遺体回収をすることが伝えられたそうです。

そして１９４７年2月16日から19日まで遺体回収作業の末、薄い草色をした、チャック付きのゴム袋状の入れ物に、掘り出した遺骨や埋葬品を入れて、それを被牽引車両に載せ、ジープが牽引車となり移送されました。

確認不足ですが、当時の状況から推測すると、横浜へ遺骨が移送され、その後本国に帰還されたのだろうと考えられます。

遺族（エリザベス）の証言によると、帰還前に軍からの連絡で６名の遺族は、埋葬希望地を問いかけられています。

遺体の帰国、日米の差

その６遺族は、各遺族の居住地から等間距離の場所を埋葬場所に指定しました。その場所は合衆国大陸の中央部のミズリー州に在るNATIONAL CEMETERY（国立墓地）で、その地に現在も墓標が建てられ、そこには６名のお名前と空軍兵士、１９４５・５・５の日付、１９４９年6月8日の埋葬日が刻まれています（エリザベスの証言）。

こうしてアメリカ合衆国の戦没者は、ほとんどの遺体は帰国されているようです。それに比して日本の現状は、ご本人はもとよりご家族にとっても、いまだに帰らぬ遺骨を待ち続けてい

6人が埋葬されたミズリー州の国立墓地の墓標

る状態なのです。その数は、全戦没者２４０万人に対し残存遺骨は１１３万3千柱だと記録されています（２０１３年6月現在）。

余談となりますが１９５2年講和条約発効後、日本政府は調査（全戦没者２４０万人）を実施し、戦没者の遺骨収集を開始し１９７5年で大規模収集を終わりました。その後は遺族会や戦友会、ＮＰＯに任せている状態で続けられています。

さて、当地殿原での慰霊祭は、墜落の翌月、6月9日（土）初供養を実施し、同じ形態で終戦翌年には、村の予算で墓地整備を行い、5月5日（日）１周忌を実施、その後の１９４7年2月に遺体回収がされ、遺体と共に墓標、十字架、卒塔婆も回収されて行きました。そして同年慰霊碑が完成して現地に設置され、12月12日には除幕式が行われました。

１９４9年は、大雨の増水で墓地に流木が入り、

1963年5月5日の第19回慰霊祭

碑の前に材木が流れ込みました。直接碑には影響はありませんでしたが、流木の処理には時間がかかったようです。

また、１９５３年の７・18水害では、裏山に慰霊碑が倒れ、災害を受けた時は、裏山から供養をされ、その都度の復旧作業などの状態が２社の新聞記事に紹介されています。

この状態の中、１９６１年に村の働きかけで、県庁の利水課の事業として、慰霊碑下流に砂防ダムが完成しました。

その後、慰霊碑は、堆積土砂が足元にせまり、さらに１９６４年、今度はダムの貯水により水没の危機にさらされ上流に移動しましたが、移動場所の小谷が崩落し、２年後に今度は下流に移動されました。この時点では、教会の方が多額の支援をされたと聞きました。

1964年、慰霊碑の裏から読経する宗演和尚

この前後に土地の建設業者が土木器機を持たれ、随分移転が容易となりました。業者が地元であり全面的に支援していただき、その厚意の結果であったと思います。そのことは特記すべき事項であります。

その後、１９７１年、西ノ谷の河口１００メートル地点まで移動して、墜落現場での慰霊を続けました。その年の慰霊祭は、５月10日に実施しています

その翌年、５月５日は快晴に恵まれましたが、前日が大雨で谷の水量が増え、慰霊祭は、慰霊碑の裏側の作業道から行われ、老僧は地下足袋姿でお参りしてくださいました。

こうして災害の都度、区民出工で慰霊碑の保全管理を続けながら、５月５日に慰霊

祭を実施してきましたが、１９７４年第30回慰霊祭を実施後、この回をもって村行政との関わりを閉じ、完全に区主催となりました。

思想、信条、信教の自由を認め合う中で

初供養以来、村、行政が主導して行われてきたのですが、１９５５年4月1日の昭和の合併時に4ヶ村が合併し「龍神村」が誕生した後も、村の援助を受けて慰霊祭を続けてきました。本来、行政の行事と「信教の自由」との関わりを考えると、同じように村に依存するのではなく、地元で主体的に実施する事の意義を理解し、その後は、当然の行事として区民総会で確認され、毎年行われてきました。

これらの討議は、区長経験者の安達貞楠氏、深瀬真吾氏、安達隆一氏、古久保貞三氏のあとを受けた１９７０年前後の玉置政二氏、山本道夫氏、安達昭三氏、深瀬稔穂氏等が中心となり協議を重ね、最終１９７５年に県道沿線へ慰霊碑が移転しました。

このような経過を経て県道沿線での慰霊祭が可能となったことで、毎年5月5日の午前中の慰霊祭が定着してきました。こうして区の行事となり、幅広い宗教心か日本文化なのか、地域の慣習として支えられ、またお互いの「思想信条の自由、信教の自由」を認め合う中、この慰霊祭は続いて来ました。

慰霊祭でのJ・ブローデリック神父と大応寺松本周和和尚

現在は臨済宗大応寺とカトリック教会による儀式を行っていますが、宗教に関係なくどなたでも参加いただけるのはもちろんのことです。

1975年慰霊碑が、地域住民の居住地近くになったことで、慰霊祭当日の参拝者は以前より少し増えました。その頃、碑の周辺に、墜落したB29の残骸を見ていただくよう展示していましたが、約3年間経過した頃、誰が持ち去ったのか無くなってしまいました。この残骸は、遺族にとっては「遺品であり遺骨でもある」と言えるものです。区の歴史的な宝が、例え小さな残骸の一片であっても、消えてなくなったのはとても残念なことです。

その後、県道拡幅と国道関連事業の推進で慰霊碑の立ち退きが申し渡され、地主のご厚意で永久借地の恩恵を受けて、1993年、現在地である殿原宮ノ尾へ移転することになりました。それは当時の「ふるさと創生事業」の補助金１５０万円と地元負担金１２０万円の計２７０万円で決済され移設されました。

そして２０１６年1月にこの土地は「殿原生産森林組合」が買い上げ、地区住民の所有となったのです。

多数の来訪者が慰霊祭に

この間、毎年区長を中心に10名程度の参加で慰霊祭を続けて来ましたが、この行事をもっと皆さんに広く知っていただきたいと思い、１９９５年に地方新聞に取材していただきました。そうすると、次の慰霊祭には40名もの参加者がありマスコミの力の大きさを実感したものです。その後も、時々見学者が訪れるようになり、年間に約１００名近くの見学者が来られるようになりました。２０１５年、戦後70年を迎えて、５月から私がご案内させていただいた来訪者は11月末で、５９１名と慰霊祭を含めると７００~８００名の方々との交流がありました。

１９９８年退職後、地域の記録資料が少ない中で、先ず大応寺に保存されていたＢ29関係資料を見せていただきコピーをして12頁のレジメを作成、地元小学校に学習資料として提供しました。

その後も新たな証言と資料を基に、同年末に「連合軍爆撃機墜落記録」にまとめ直し40頁のものを20部作製、公民館と村の観光課へ残しました。

その後、さらに資料が新たに見つかり、前の冊子を基本に、２００５年4月、『轟音－Ｂ29墜落の記－』を１１３頁のＡ５判で４２０冊を出版してきました（紀伊民報社印刷）。

若者たちの自主行事が活気を呼び

村の人口は、１９５５年の昭和の市町村合併時を頂点に減少が始まりました。山間部では、義務教育終了後の卒業生は市街地への進学が増加し、将来の就職活動と関わりながら、人口移動の社会現象を生み、過疎、過密の二極化の構成が進んで、既に大きな社会問題となっている現状にあります。

地域における過疎現象は、出生率や地域機能の低下につながり、地域行事が消えざるを得ない大きな社会現象を生んでいます。

そんな情勢下で、１９９８年、殿原地域の青年層がせめて1年に1回は盆踊りを復活させようと一つの取り組みを始め、殿原地域に元気な声が聞こえるようになりました。それは郷土を大切にする意味合いを込めて「愛殿会」と命名され、学校行事への参加、協力と支援、また公民館分館活動を含めた自主行事が取り組まれ始めました。

この活動は、地域全体に活気を呼び、話題を生み、親しみを育て区民全体に共生の雰囲気を育てています。そんな中、彼らの活動はＢ29墜落場所への遠足や残骸探しの行動に結びつき、その体験が慰霊祭への関心にもつながりました。子育て中の彼らは、５月５日の家族サービスの時間をこの行事に費やすまでに努力され、この活動が「でんでん広場」の具体化につながりました。

２００４年ごろから愛殿会が行なった、笠塔山遠足、昔話の地をたどる遠足、Ｂ29墜落現場への遠足などを契機にさらに慰霊祭の参加が増え、同時に故・古久保満瑠子氏が慰霊祭の時に作ってくれた「チラシ寿司」が参加者に評判がよく、慰霊祭後の楽しみとなってきたことも思い出の一つです。

時を同じくして、龍神カトリック教会の５月５日を「平和の祈りの日」とする支援により、具体的に参拝者が多くなりました。もちろん、それまでも信者の方々は５月５日に合わせてお参りして下さっていました。

それらの様子は紀伊民報社の記事で紹介され、紀南地方の高等学校や部活関係の生徒、観光客の見学者が慰霊祭の日を中心に増えてきました。

２００５年『轟音』発刊

これらの実態に勇気を得て２００５年『轟音』を発刊し、新たな交流が生まれるようになりました。主に郡内を中心に購入していただきましたが、関東、中部、近畿内の方からのご連絡もあり、その結果ドキュメンタリー作品へとつながったのです。

私にとっては、まさに「想定外」の状態を迎えたわけでした。

２００６年、区長をつとめることになり、初めて自分の名前で慰霊祭実施案内をさせていただきました。そして、家庭内の新品で不要な、タオル、石鹸、食器、日用品、衣類などのご寄付をお願いし、フリーマーケットのような催しとなりました。餅つきとキナコひき、コーヒーや山菜の販売もあり、アユやイワナ、さては地卵までが並び、約３００名の参加者でにぎわいました。殿原の「殿」の字をもじって名付けたこの「でんでん広場」（殿殿広場）の催しはその後も毎年続いていて、参加者同士の交流の場ともなっています。

マークさん、リサさんとの出会い

２００７年9月22日、アメリカから来られたマーク・クロークさん、リサ・クレインさんとの出会いは私にとって一つの大きな転機となるできごとでした。お二人は、ご夫婦でアメリカの交通機動隊に所属されており、マークさんが日本文化に興味を持たれていて、日本刀づくりの見学のために殿原の安達茂文氏の刀剣鍛錬所を訪ねて来られるとの情報を安達氏から聞き、慰霊碑の前でB29に関する説明をさせていただき、あわせて犠牲者遺族探しの協力を要請したの

左から通訳の日塔久江さん、リサ・クレインさん、安達茂文さん、著者、右下がマーク・クロークさん

です。通訳の日塔久江氏を介してお二人と約30分間お話することができました。

先ず慰霊碑を見ていただき、簡単な経過を説明しました。この時点では搭乗員の氏名の資料しかなく、遺族探しよりは、史実をお知らせすることを中心にして説明しました。しかし、せっかくの機会だと思い搭乗員名をお知らせしながら、遺族探しへの支援をお願いしました。この経過は第４章の「遺族探し」でも述べますが、この９月22日にお二人にお会いしたことが、奇跡とも思えるような、それ以後の遺族とのつながりの始まりとなったのです。

日本刀の鍛錬について興味を持たれていたマークさんご夫妻は、その後も安達氏を訪ねられ、2010年10月23日（土）、2012年4月12日（土）にもお会いする機会に恵まれました。

ネットの「日本旅日記」をきっかけに

そんな経過が流れる中で、奥さんのリサさんは、最初来日されたあと、インターネットに「日本旅日記」を載せられました。

そして、ペンシルベニア在住のティム・マックグレノンさんが多数の情報の中から先のリサさんの「日本旅日記」の内容に興味を持たれたのです。ティムさんは、ご自分もB29爆撃機に興味を持ち研究されている方で、父親が、元ヨーロッパ戦線のパイロットであり、B29爆撃機のレーダー士のトーマス・クロークの親友でした。

そして、前述の拙著『轟音』を日塔さんが翻訳され、こちらのB29関係の情報がリサさんに伝わり、時間はかかりましたがティムさんに伝わったのです。ティムさんは、翌年の2008年1月のエリザベスの誕生日に電話連絡されたようです。

この間、2007年9月から2008年8月までの間、それぞれの関係が交錯しながらも、最終的には、エリザベスと私の交信につながります。それらは第4章にまとめました。

2008年8月、搭乗員兵士の遺族との交信が始まり、浄財の送金があり、これを契機に慰霊碑周辺に桜の植樹を２０１０年から始めています。そして２０１３年訪米、エリザベスと私が初めて会うことが出来たのです。

殿原の祈り

２０１４年５月５日に70回目の慰霊祭を行い、５月20日、エリザベスは急逝しました。そして同10月20日、横田基地の音楽隊「米國空軍太平洋―アジア」が来村、慰霊碑前にて追悼演奏を受けました。

当日は、「殿原の祈り」（故・古久保満瑠子さん作詞、永渕房夫さん作曲）を満瑠子さんの４人の妹さん方（深瀬嘉奈子さん、龍田早苗さん、岩本みどりさん、五味美波さん）が歌われ、同音楽隊も同じ曲を演奏してくれて、亡くなった兵士と故人となった満瑠子さんへ哀悼の意を表しました。これまでの71年間、区民の代表として慰霊祭を執行した区長は、44名となりました。

戦後70年の節目と言われた今年、私たちは71回目の供養を実施していたのです。

そして、72回目はどうなるのかを問い掛けながら、次の時代への伝達がすでに動き出しています。

殿原の祈り

作詞　古久保満璃子
作曲　永渕房夫

西の谷の清き流れを　朱（しゅ）に染めて
戦（いくさ）に散った若者の　悲しき叫び　伝えよう
アメリカの　兵士の御霊（みたま）　慰めん
殿原の熱き想（おも）いを　伝えよう

祈り続ける　村人の心　世界を包むほど
平和の祈りに　つながれる

いつの日か　この地球に　戦（たたか）いのない
まったき平和の訪れる　その日まで
殿原の想いよ届け　世の果てまでも

いつの日か　この地球に　戦（たたか）いのない
まったき平和の訪れる　その日まで
殿原の想いよ届け　世の果てまでも

殿原の祈り

作詞：古久保　満璃子
作曲：永渕　房夫

第3章　戦時中の生活

1. 暮らしの記録から

明治維新以降の日本の国は、欧米先進国に学び、近代国家への歩みを重ねて来ました。その歩みの基本は、殖産興業と富国強兵の2本柱でありました。しかし、その結果は好戦国と呼ばれるほどの争いごとの歴史でもありました。

特に、1931年（昭和6）9月18日の柳条湖事件から1945年8月15日までの15年戦争によって、日本の国民はもとより、アジア諸国を初め、関係諸国民の生命と財産を奪い傷つけたことは、今尚悔やまれる過ちの行為でありました。それは、いかに理由をつけても当事国の国民の命を奪い合う残酷非道な行いであります。そして国民の生活が圧迫され、勝者も敗者も傷つき、何も生まない破壊の行為なのです。

その苦しい経験の中身を知ることがとても大事なことであり、次の時代に生きる人々が絶対に同じ苦しみを味わうことがあってはならないと思い続けて来ました。

その戦争時代の体験をした最後の年代の人間として、当時の生活の様子を少し書き残して置きます。とは言え、本当にわずかな記憶に残る内容です。

住民統制の徹底―隣保班―

私は、15年戦争時代に生まれ、第２次世界大戦の終戦を迎えた時は、小学２年生でした。子供時代のことで詳しく順序良く、その実態をお伝えすることはできませんが、残された資料と生活体験を含めて振り返ってみます。

１９３１年以降の国家予算に占める軍事費の割合は30％でしたが、第２次世界大戦中（１９４１年から45年）の軍事費の割合は85％となっています。当時の国家予算は、２２０億円前後で推移していました。

戦争を遂行するためには費用が必要です。国が「戦費」をどのように調達した（国民から徴収した）のかということについて、１９４０年から１９４５年の5年間の少ない生活の記録からではありますが、私なりに考えてみました。

今私の住んでいる所は、戦争中は和歌山県日高郡上山路村殿原と言いました。「上山路村」は、戸数約７００戸、人口２５８０人前後で、上山路村の統轄区として、宮代、西、東、丹生ノ川、殿原の五つの区があり、各区長がそれぞれに統轄責任者としての任務を持たされていました。現在もその五つの区は残っています。

それぞれの区は、「隣保班」組織を編成し、各隣保班には班長（輪番制）を置き、班内をまとめさせました。当時の殿原区には32の小集落があり、１２６世帯、７６５人前後の人口で15の班に編成されていました。

私の班は、その中の第12班でした。班内の戸数はわが家を含めて９戸、その居住者は57名で、私の家族は７人でした。

隣保班は戦争推進の末端組織

ここで言う「隣保班」は、単なる隣組ではなく、縦の支配的集団でした。隣保班の組織は、太平洋戦争前（１９３５年）に選挙粛清運動（政権与党に有利な選挙運動、野党を少なくする運動）と国民精神総動員運動（国民を戦争協力に動員させる国の運動）の下部組織として編成され、１９４０年に戦争を推進するために「部落会、町内会、隣保班、市町村常会整備要綱」によって全国的に結成されることが義務づけられました。そして、戦争体制下の末端組織となり、他に婦人の組織化を進め、愛国婦人会や国防婦人会を組織していきました。

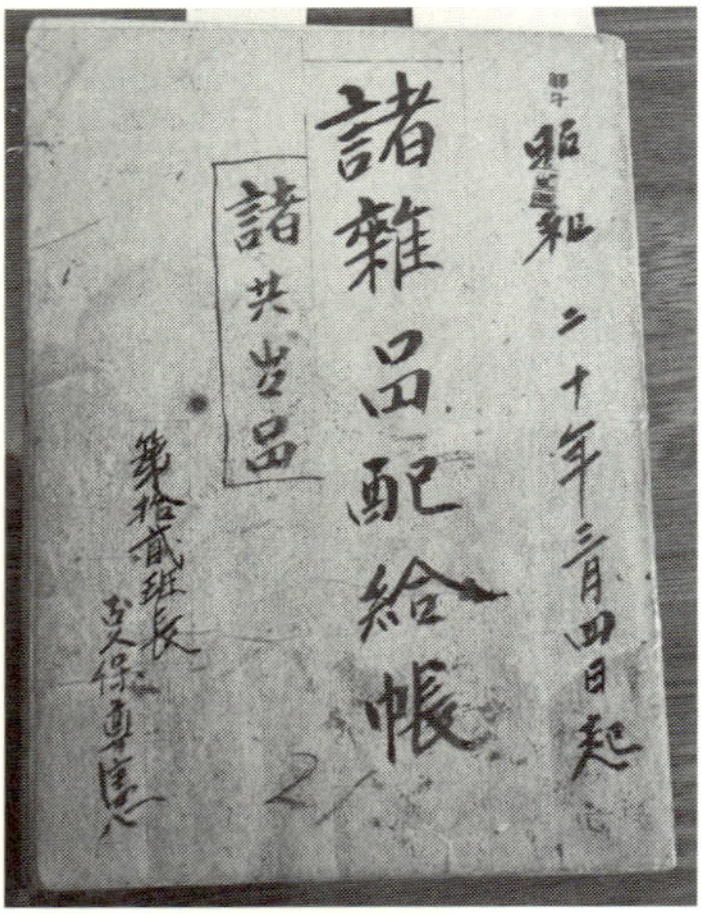

隣保班の配給表

各家庭で月１回は「一汁一菜の日」や、「日の丸弁当の日」、「禁酒禁煙運動」などを実施させて仕組みを整え、世界大戦突入前の１９４０年10月12日に結成された大政翼賛会に集約されたのです。これは国民の画一的組織化のために、全政党が解散して国民を統合するための官製団体で、内務官僚主導の精神運動組織、上意下達機関で、その末端が隣保班でした（大政翼賛会は１９４５年6月国民義勇隊結成で解散）。

このように「隣保班」組織は、いわば無理に作られた「国民の管理と統制を徹底する」上意下達と相互監視の組織であり、戦争推進の政府主導の原点的な組織でありました。この隣保班の仕組みは、戦後の１９４７年に行政組織の支配の範囲外だと判断され廃止になりました。すでに制度は廃止されましたが、戦時中の名残が、今でも班や「回覧板」などで残っています。

そして、この隣保班組織の補助組織として「屯所」という住民相互監視の場所（役所）がありました。この「屯所」の呼び名は明治政府が設置した小さな集落の治安を守る役職名で、戦時中に、物資と人の動向を統制、管理する駐在所的な場所を「屯所」と呼び、その職務を持った者がいた場所のことです（選任方法不明）。なお、当時の上山路村の警察官駐在所は役場の隣接地にあり、下山路村は福井の横畑、中山路村は築根、龍神村は、湯本にありました。

殿原地域の屯所は、一教室程度の広さで、土間付き床張りの25坪程度の建物で、地域住民の相互監視場所でした（この屯所に墜落兵士２人が拘束された）。こうして、国民の生活が統制されていました。

現住人名簿から

国民統制の一具体例として、1940年（昭和15）の年度当初の4月1日付けで作成された「現住人名簿」が残されています。それが区長の重要な任務の一つである住民管理の台帳となりました。その調査内容は、各家庭の住民調査を行い、個人氏名、男女別、生年月日の調査はもちろん、世帯構成と作付け田・畑の反別、作付け種別、労働職種、年間労働日数、日当や労働所得などを半強制的に自己申告させたのでした。現在で言うマイナンバー的な一括管理かとも思えます。

調査に当たっては、「基本は自己申告制」だと言い、不備、不正は自己責任とされました。そして正直に申告した者には、別途軽減税処置を適用し、基礎控除額の増減を匂わせています。

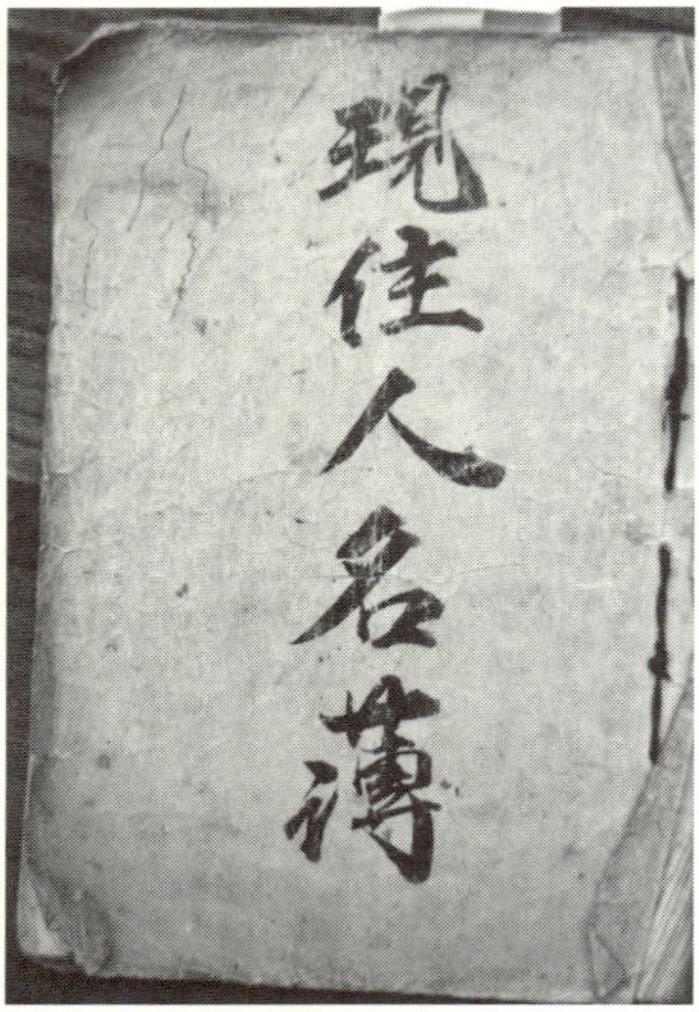
現住人名簿

そして年間の供出額と所得税額を決定し、これらの一括管理が区長に求められました。特に当申告に関する実施要項は、口頭伝達の通達とし、強要性を隠した調査で、今後は不利益があっても不服は受け付けない、そうして調査した内容は自己申告台帳であるとしました。

「正直に報告をせよ。正直に報告した者は、所得税の基礎控除を認めるが、申告しない者は不正と見なし、今後基礎控除はしない」との口頭連絡を区長が各班長にしています。私の班の班長は、この通達を文章化した「メモ帖」を残していました。当時とすれば、メモ帖を残すことは違反行為で、本人はもとより、家族、隣組（隣保班）までが処罰対象となったのかも知れません。特にこの調査は、「課税対象には利用しないから安心して正直に申告せよ」と執拗に伝えられたようです。そして「自己申告」はそれぞれ本当に正直に申告しています。こういった経過を経て、この調査が行われた後の１９４１年12月に太平洋戦争に突入していくことになるのです。

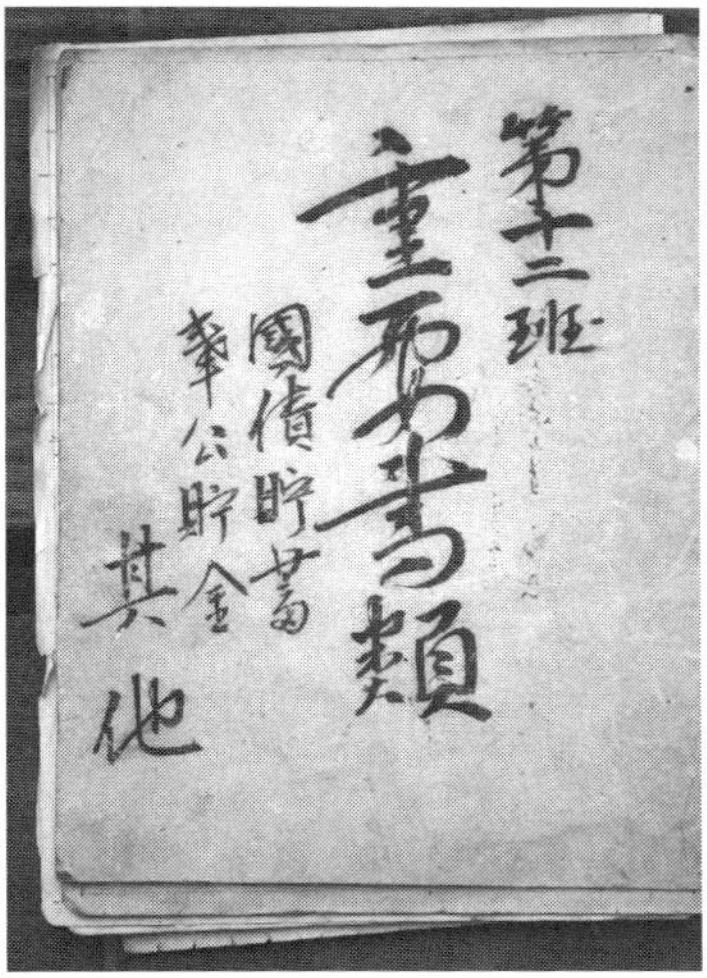

第十二班重要書類

戦費を国民からむしり取る

私の手元に残されている、第12班の「現住人名簿」の記録から、当時の負担制度について一部を述べておきます。それに記されている事項は、供出や各種貯蓄額などの自己負担額決定の原簿となるとともに、配給の受給原簿となっていました。

例をあげると、終戦前年の１９４４年4月1日から翌年3月までの間、隣保班の9戸で、負担割り当ての「貯蓄」が進められたことが記されています。各戸の分担額は、先の田畑作付け反別ごとに異なりますが、貯蓄割当総額を2ヶ月ごとに集金することとなり、１戸６円～28円の合計１１２円平均を9戸が分担し、年間６回で総額６５６円が徴収され納めています。また、同年度で別途、9戸の負担金として「奉公貯金」払い込み総額５７１円と「将校資金」総額45円、「国土防衛資金」総額22円50銭を負担しています。

これが先に述べた、国家予算の不足を補う赤字国債発行だと考えられます。国はさまざまな方法を講じて戦争に要する経費を国民から「むしり取った」ということです。

それ以外、同じ年度の供出農産物として、9戸の中で各戸の軽重負担差はありますが、馬鈴薯9戸で36貫目、ワタ２００匁、混合種子として粟やトウモロコシ、生甘藷90貫、干し甘藷10貫等を供出した記録があります。

これら以外、これも同じ年度に、殿原地区全体で木炭の供出が１１7戸で４３８４俵が課せられ、私の班は俵数３５４俵の負担となっています。もちろんそのザッ縄（炭を入れる俵を束ねる縄）までも各班で分担したのです。そして各班では炭窯を所有している方の作業に従事し、窯出しした炭を賃金で買い取ることで供出量を負担したのです。ここでの労賃は、男子１日

１００に対し女子は60で換算しています。

ここに述べた各戸の負担内容は、１９４４年分のみです。翌年の１９４５年４月から国債責任額は、９戸で１００８円となり、馬鈴薯の坪当たり１９３匁の換算で64貫余が割り当てられています。

また、先に述べた国債や供出品と合わせて、軍事用に綿の供出が割り当てられ、１戸に対し座布団１枚分２００匁や飛行機の輸送時に荷物を縛り付けるための、荒縄50ヒロの負担（大人両手を広げた幅の長さ、ヒロと呼んだ）や、木炭、米、麦、小豆、トウモロコシ、芋ずるやススキの穂、松根（松根油）など、隣保班共同の連帯責任制度で対処させられました。これは、出征による家内労働力の不足や天候不順、不作、豊作に関係なく、一方的に課せられた責任額です。

このように、課税や各種供出量の負担額決定に「現住人名簿」が使われたのです。

昭和十三年九月二十一日

上山路村出身の古久保伍長戰死

滿洲事變にも從軍した勇士

健氣に語る遺族

昭和13年、父の戦死が報じられた

戦争推進の実体験

先に簡単に述べましたが、日本の夜明けと呼ばれた明治時代を迎えた百数十年前、強い国になれば豊かになれると考え、「富国強兵」政策という考え方と産業の振興「殖産興業」で暮らしが豊かになることを目的に国造りを進めた結果、その実態は、戦争時代の幕開け、そして結末は敗戦でした。

主な戦争としては、日清戦争、日露戦争、北清事変、第1次世界大戦、満州事変、日華事変があり、第2次世界大戦と歩みました。それは強い力（軍備力）による戦い、戦争の時代でした。1890年から1945年までの約55年近く戦争時代が続きました。その戦争時代は、国民を戦争に参加せるための決まりを作り、みんなを戦争に参加させ、たくさんの方々が犠牲となりました。そして戦争で亡くなることが名誉なこととされてきました。この時代は、戦ごとで亡くなった方「戦死者」は「軍神」として大切に扱われましたが、一般の国民が戦火で亡くなっても「被災者」と呼ばれるだけで過ぎてきました。

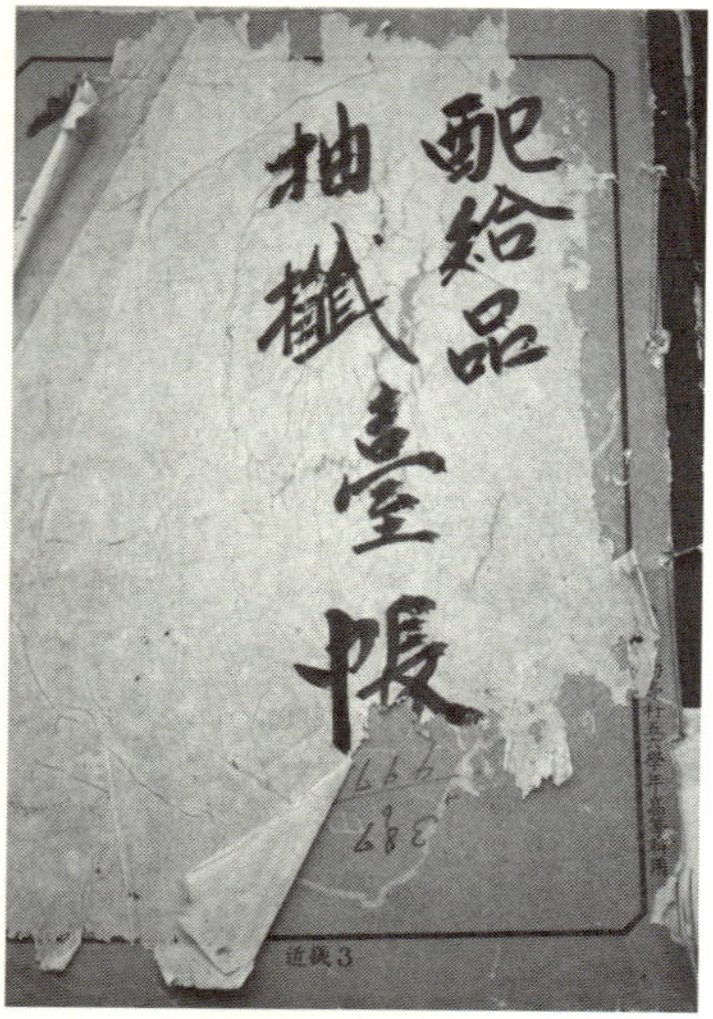

配給品　抽選台帳

そんな時代の思い当たる歴史用語をなぞってみました。

五榜の啓示、壬申戸籍、徴兵令、新聞紙条例、治安維持法、治安警察法、国定教科書、国

家総動員法、大政翼賛会など、その一つでも、また別の機会に学習していただければと思います。その中身は何だったのか、自分には関係ないと思っていましたが、多くの犠牲を払った間違いの歴史を学ばなければ気が付かないところに問題があります。

欲しがりません、勝つまでは

第２次大戦中は、国民生活より国防優先の生活でした。戦場で戦う兵士以外の国民のことを「銃後」と呼び、叱咤激励し戦争推進へと強要しました。

この時代の戦争推進の人たち、戦争指導者と言われる人々の中の最大の重要課題は、食糧確保と石油の保有だったと言われています。このことは戦前の軍部の常識であったとも記録されており、当然、戦場の拡大と兵員の増員は食糧不足を呼び、結果的に「餓死」で倒れた方々が多かったという記録も残っています。

国は、戦争に勝つために軍備優先となり、そうすれば当然国民の日常生活を圧迫し続けることになります。その一つとして、国民には窮乏を押し付け「欲しがりません、勝つまでは」とか、「贅沢は敵だ」などの言葉で国民生活の統制を強め、「銃後の守り」として戦争への協力を強制してきました。そして、国と軍部は、食料の確保とアジアでの石油確保を最大の作戦任務と考え、先ず食糧増産を強力に推し進め、農地の確保のため国内の全ての空き地を利用する政策を推し進めました。

都市では、全ての空き地や河川敷、校庭、競技場や路地裏までを耕地化し、食糧の増産を求め、地方には「開墾の奨励」を強要し、焼け野（田の肥料とする草を刈る為の場所）、畦道、山の中に至るまで開墾を強要しました。

この小さな殿原地域でも同じように開墾が奨励されたことが、残されている記録から読み取ることができます。それは、先に述べた「現住人名簿」を基礎に、国債の購入や供出品と合わせて隣保班の共同責任制度によって進められました。

開墾奨励の以前から、田のあぜ道にまで作付けして来て休遊地などなく、それまでも二毛作が常識であった百姓にとっては、食糧増産はすでに日常的な生活実態でありました。その上さらに開墾を求められる中、自活の食糧を減らしてまで国策に協力してきたのです。

また国内では、１９４３年から金属回収が課せられ、鉄類、アルミニューム、鋳物、鍋（鍋は1戸に一つの保有は認められた）、釜、洗面器、やかん、農器具、山林用道具、刀剣などが持ち出され、殿原から西までの運賃までも負担したという状況で、大応寺の釣鐘も鉢巻をして「出征」したのです。戦況の変転と共に、全ての国民が戦争推進に駆り出されて行きました。

書き残さなければ

終戦前後の日本は、戦災孤児、戦病者、戦災者があふれ、誰もがひもじく、物不足の貧困時代でありました。そんな時を経て、たった70年。先人のご苦労を忘れ、山河はその姿を失い、田舎の田畑は荒れ果てつつあります。今私はそんな自然の中で生きて行きながら、あの過ぎ去った時代の生活体験を二度と繰り返したくない、と叫び続けているのです。年寄りの声は小さく、届かない、それでも言い続け、書き残さなければと、事ある毎に訴えています。

当時私はまだ幼く、詳しく覚えていることは少ないのですが、今でも場面、場面がよみがえります。１９４１年に麻疹(はしか)を患ったこと。それまでには、たまに砂糖に出会いましたが、この年から国によって生活物資が統制されるようになり、砂糖が消えたこと。自宅で搾った菜種油のランプまでが取り締まりを受けたこと。戦時中の供出で鎌や鋤を奪われ、百姓の仕事が大変だったこと。勤労奉仕や軍役という言葉で、周辺の道普請がよくあったこと。起床、消灯ラッパが時計代わりであったこと。コウリャンや大豆カスをつまみ食いして下痢をしたこと。アカギレ、シモヤケ、ノミ、シラミとの共同生活などでした。

また散髪は自宅の両手バリカンハサミ。わら草履、米つきや麦つき、井戸から担った水汲みなど、たくさんの家事手伝いとその合間の遊びの場面などが思い浮かんできます。

歴史の事実に学ぶ

そして今更ながら思うのは、開戦準備の時代から反戦を叫んだ人たちもいたのに、治安維持法の名のもとに処刑されたという、権力の横暴が横行した時代だったということです。なぜ戦争が防げなかったのか、国民自身にも責任があると言われても、自由に意見が言えないように生活の全てが「国家」に統制され、監視される体制が作りあげられていたのです。それを考えると余計に、これからの時代を背負う若い人たちの課題は大きく、重くおおいかぶさるのではないかと思います。

戦争というのは、国民支配の準備から始まり、思想信条の自由、結社の自由が許されずに国民みんなを戦争体制の中に組み込んでいきます。この史実を知ることが、今は特に大切ではないかと痛切に思います。そして世情の流れを敏感にとらえられる鋭い感覚を養うことで、きちんと自己責任を果せる有権者にならなければいけないと自分に言い聞かせています。ある意味では、常に自分の責任だと気が付くことが大切であると言うことも歴史は教えてくれるのではないでしょうか。

憲法に守られている現在のくらし

終戦の前、日本人の平均寿命は、男子22歳、女子31歳と言われていた時期がありました。それが今では、それぞれが与えられた寿命だけは生きられる時代であります。これは、わが国が戦争をしない国であり、命を奪われる心配がないからです。

命のある期間、命の長さを寿命と言いますが、今では、平均寿命が男女ともに80歳を超える時代を迎えています。随分長生きできる時代となり、これは平和であればこそだと感謝しながら毎日を生きています。

さらにこの事実を考えると、現在の日本国は、「健康で文化的な生活を営む権利」が憲法25条で保障されているということも大きな要因のひとつです。この日本国憲法の制定後68年を経過しました（１９４６年11月３日公布、１９４７年５月３日施行）。これからの時代は、「命を大切にする」ことを基礎に、より安心して暮らせる条件をみんなの協力で築いていくことが大切だと思います。

繰り返しになりますが、戦争がどのように準備され、国民をどのように巻きこんでいったのか、実生活はどうだったのか、その歴史を学ぶこと、歴史に学ぶことが今とても大切だと声を大にしたいのです。そしてこの戦後70年間の努力の結果を守ることがこれからの日本が進む道であると確信を持ちたいと思います。

隣保班の中の絆

隣保班はある意味自治組織となったこともありました。それは日常生活の中で、相互扶助の取り組みと言いますか、協働と共生の行動が強く生まれていたことです。困難な生活だからこそ生まれる人間同士の絆です。現在の社会に欠けていると思う、人間本来の絆の中身を垣間見ることがありました。

戦争時代の住民の生活は、働き手の主力を兵隊にとられ、日常的には田や畑を作りながら、自家食糧の確保と供出量の負担で最低生活の状態でした。しかも、小作料を支払うとどうなるか、不安と不安定な生活で、真実、家族が増えるとお粥に水を加え、麦や稗、トウモロコシ、芋類などを一緒に入れ飢えをしのぐ生活でありました。その上に開墾地の労働負担があり、焼け野や裏山の一部を開墾したのです。土地を持っていない人は、土地保有者の土地を借りて開墾をしました。

農耕用具の鋤や鍬が強制的に取り上げられ、道具もままならない中で荒地を開墾したのが実情です。誰が考えてもわかるように、荒地ですぐに作物が育つわけがありません。それに地力保持の肥料は配給制で少なく、順調な収穫に結びつきません。もちろん開墾中の自分の食糧は自分で確保しなければなりません。それでも開墾せよと求められました。土地があれば、すぐ作物が出来ると考えた人々が決めたことなのでしょう。

この当時、私が食べた物は、種芋の吹き付け（薩摩芋の種芋に新しく芽生えた芋繊維）、山野草の数々、殿さまカエルのモモ肉、大豆カス、ウサギ、鶏、川魚、ひえ、麦、なんば（トウモロコシ)、トウマメ、スズメや野鳥、ほうじ芋、アザミ、クサギ、芋類、柿、栗など、食べられる物は何でも口にしたことが思い出されます。

生活の中から絆が生まれ

１９４２年から始まった配給制度は、食糧管理制度の下で細かく実施され、米は大人１日２合２勺から、だんだんと減量と遅配になっていきました。しかも10割配給など夢のまた夢で、時には１割にも満たないこともあり、それも月遅れが当たり前でありました。

しかし、こんな生活の中から人間の絆が育ち、つながり、互いに協働や共助が生まれていきました。それは大きな財産であり、貧乏な中でも互いに支え合うことができました。

配給手帳（米穀配給通帳）がないと米が買えず、職業別に８種類の配給手帳でした。軍隊家族と公務員、医療関係者は、色違い表紙で優先順位が分かる手帳でした。軍需工場労働者、鉄道運輸具関係者、船舶関係者、職人さん、商人さん、その他一般国民という分別がされていました。

また手帳はあっても砂糖とガソリン類は発売禁止で、それに１９４２年（昭和17）からは衣料切符が発行され、家族数に関わらず都会居住者の家庭は一家族で年間１００点の切符、田舎居住者は80点と決められていました。特に隣保班の中でたくさんの智恵を出し合い、協力の絆で乗り越えたことを「メモ帳」が物語っています。

隣保班記録を見ながら記憶をたどってみます。衣料品の配給の場合をみると、班長宅に各班員が集まり、配給品を見て必要な人に配給されますが、当然、品不足での配給制ですから、欲しい人が競合します。そんな時はくじ引きがルールでした。時たまジャンケンなどで決めますが、運の良し悪しで何回も当たる人とそうでない人があり、平等に配給を受けるためのルールが作られたようです。

知恵を出し合った配給生活

私の班では、1回抽選が当たると、次の品物を欲しくても抽選を辞退しています。しかし、どうしてもと言えば、班内でくじ引きの権利の貸し借り、そして衣料点数の貸し借りもあり、記録簿は複雑であります。しかも定期的に配給があるわけではなく、月遅れや減量があり、お盆用品、正月用品が遅れて届いたことや、その上に粗悪品が多くありました。

衣料切符制は、足袋やパンツなどの小物は1品2点というように点数が決められ、衣料切符とお金が必要で、その配給物には輸送料が加算されます。家族数や年齢、男女など、班の構成内容によってそれぞれ知恵を出し合うといった配給生活でした。例えばオーバーコートを1着買うとすると、オーバー代金と衣料切符80点と運賃を払うのですが、もうその家族は1年間衣料の配給は受けられません。当然班内で衣料切符の融通や金銭のやり取りもありましたから、山路弁で言う「わわく」こと、つまりよく話し合いをしながら調整していたようです。

他の実例を１９４４年12月９日の記録から見ると、１足の「黒別珍足袋男物」９半（大きさ）を９戸でくじ引きしています。当選者は、２点の衣料切符と足袋代92銭、運賃１銭の93銭を支払ったとあります。白足袋３足は８人でくじ引きして３人が当たり、それぞれ、切符１点と足袋代86銭、運賃１銭の計87銭を支払っています。黒足袋は切符２点、白足袋は１点でしたが、なぜ点数が違うかは分かりません。

また、１９４４年12月から１９４５年８月までの間、26足の足袋の配給があったという記録があり、利用した48名のメモが残っています。私の家では、足袋の型紙を作り母が手縫いで足袋を作っていましたが、糸や針までが配給でしたから、出来上がらないままで、一足の足袋を縫うには、月単位の時間が必要になることもありました。

配給は月遅れが常で、だんだんと配給品の数や量も少なくなり、食べ物と同じように着る物がありませんでした。また、煙草の配給などは、毎月班内で35個半受け取り、値段６円５銭、運賃17銭で、１本単位で品名を調整しながら分配した記録が残っています。

配給遅れの合成酒で

今私が好きなお酒は、当時は合成酒で、１９４４年９月分からは、１升買うのに５円の感謝貯金が必要となり、その上に1合につき50銭の報国貯金を払い込まなければなりませんでした。1升の原価が5円でしたので、計算するとどのくらいになるのでしょうか。

1944年8月に叔父（父の弟）に召集令状が来ました。叔父の壮行会の前日、7月の配給酒が遅れて、しかも配給量は、規定の1割にも満たない7分6厘7毛の割り当てでした。その時の配給酒は9戸で2升2合2勺と記されています。

祖父が、7月分の配給酒を1升買いあげ自宅に持ち帰りましたが、帰ると同時に隣の青年にも赤紙が来て、叔父と同日の入隊となり、祖父は配給酒を半分に分けて隣へ融通し、同じように壮行会を開きました。8月中旬に赤紙が来た2人は、入営日が8月下旬と決まり、壮行会は7月分の遅配の配給酒で行われたようです。当時は、毎月農家の奨励酒として班では、9戸中、7戸が配給対象者であり、その時の配給酒は、6戸のうちの1戸が2合2勺で1円10銭、他の5戸は2合×5戸で1升を受け取り、5戸×1円で5円、残りの1升を祖父が5円で買い取っています。

10月分は、配給酒は1升9合の配給で、その時点で隣の方が、先の出征時に融通されたお酒5合を買い取り、祖父に返しています、そんなやり取りは、班内の決まりではなく、お互いの話し合いで調整しています。

この2人は、1944年の9月末に戦地に出征し、1年後に終戦を迎えました。隣の青年は

45年の秋に無事に帰国され、叔父は遅れて47年春に帰りました

当時どんなものが配給されたか、３年間の品々をメモ帳から拾ってみました。海苔、チリ紙、醤油、食用油、酒、ビスケット、菓子、干しブドウ、雑魚、ヒジキ、数の子、素麺、スルメ、凍り豆腐、シラス、鰯、鯵、足袋、パンツ、靴下、褌、腹巻、半そでシャツ、軍手、ズロース、エプロン、ズボン、布地、ゲートル、唐笠、合羽、てしま（背中につけるゴザ状の雨具）、茶碗、小皿、丼、汁椀、タオル、針、糸（色や太さ別、こま糸、かせ糸）、障子紙、反物、冬用ネル地、燐寸（バラ、小・中・大・特大）、煙草（萩、みのり、ホウヨク、アサヒ、金鵄）（特別に一人巻き煙草１本の追加もあった）、薬類（痛み止め、こう薬、メンタム等17品種）、石鹸、ローソク、子供着物、さらし、塵紙、点け木（新案マッチ）、風呂敷、肥料、各種種物など、また代用品と呼ばれる品々がありました。糠袋は石鹸の代用品として配給され、その他代用食も多くありました。そして、先にも述べたように強制的な供出品や配給品には１品ごとに送料が加算され、それも負担したのです。

これらの配分方法にも苦労があったようです。重さをはかるのは「チギ」「デテング」「上皿天秤」などで、長さはクジラ尺（竹尺）が使われ、巻煙草器などの道具を持ち寄り、ほとんどが夜の時間に班長宅へ寄り集まるのです。そのため提灯、ローソク、燐寸が必要で、連絡は電話などなく口頭でした。班長宅で車座に座り、中央に配給品を置き、薄暗い電球（当時は１戸１燈20

w裸球）で、人の顔が見えるくらいの明るさなので汚れなどは見えません。帰りも提灯か手燭で道を照らす、まるで江戸時代の映画を見ているようでした

残されている隣保班記録帳は、「諸雑品配給帳」「重要書類・国債貯金・奉公貯金」「自家作付け及び作付け反別記録帳」「配給品、抽選台帳」「現住民人名簿」の5冊で、昭和15年以降の隣保班記録として残っています。生活物資の配給制度は１９４７年まで残っていました。ところで、あの苦労した国債や名目別貯金はどこへ行ったのでしょうか？

情報の操作

この時代の生活は、情報は全て操作されていたのでしょう。私の父の戦死を報じた新聞が手元にあります。日付は昭和13年9月21日です。その記事をどうして手に入れたのかわかりませんが、何ケ所か間違いがあります。第一、残された長男の私の名前が間違っていて健ではなく「元」君になっています。そして、その記事には、「村長の弔問を受けた家族は『どうせ出征したからにはお国に捧げた体ですから、戦死したとて悲しみは致しません。どんな武勲を立てて呉れたか、それのみが気に掛かって居ります』と涙ひとつ見せずに健気に語っていた。」とあります。この言葉は、全国共通語のように使われています。全国の遺族はみな同じ感覚であったのでしょうか？　どう考えても私にはわからない、これが真実と言えないのです。

母の生きざま

ここで、家族の、特に私が見た母の生活の様子、母の生きざまについて振り返ってみたいと思います。母が嫁いできた当時の住居は、明治以前に建てられた古い茅葺の家で、田形に仕切られた四つの部屋と土間のある典型的な昔の農家の家で、土間にはかまどと作業場がありました。そして、その昔寺子屋に使われていたという二間のある離れと杉皮葺きの倉庫があり、その他に便所と風呂と牛の下肥を保存しておくための土間がついた1棟と、その隣が牛小屋と納屋（主として養蚕所）が隣接して建っているというような家で、他に薪小屋が1棟あり、当時は大きな屋敷であったようです。元の家主が朝鮮で働いていた関係で、祖父が借金をして買い受けて住み始めたということで、冬になるとすきま風が入り、電灯は1燈で昼でも薄暗い家でした。その家で父の兄妹たち7人は育ち、母は次男であった父に嫁ぎ、姉が生まれ私が生まれたのです。

節目の風習は必ず実行

その間はずっと戦争と隣り合わせでしたが、年間の生活の仕方はほとんど変化がなかったと記憶しています。秋の収穫が終わると二毛作であった田んぼに麦やレンゲを播き、次の稲作の準備が始まります。この秋には必ずと言っていいほど正確に、祖父は来春の種物を京都の種苗社へ注文表を送るのが常でした。同時に早めに注文していた「伊勢暦」が届く頃で、百姓の仕事に終わりはなく次の耕作の準備が始まるのです。いつも新年を迎えるまでには、田畑の作付け品種が計画されていました。明治人間で、家長である祖父は、年間の節目の風習は必ず実行し、同時に年間の食料の確保や小作料の納入に神経を使っていたようです。

保存食である醤油やみそ、菜種油、漬物、乾物（干し柿、柿の皮、漢方薬類など）、豆腐、こんにゃくなどはすべて自家製で、そのための準備をしなければなりません。正月飾りや餅つきは風習に従い、間違いなく実施していて、「しめ縄をなう時は唾をつけるな」とか男の分担であると教えられ、歳徳神、高神、庚申、地蔵、戎大黒（七福神）、荒神、家屋のそばの小さな祠にはすべて正月飾りやしめ縄を供えました。その他農具や生活用具、臼、杵、升、飯切り、かまど、便所、井戸、田畑にまで正月飾りを供えていました。

そして31日の深夜0時を過ぎると、松明をかざして日常使っている井戸に行き「若水」を汲むのです。その時には確か「新玉の年の初めに勺とりて、我若水をくみ取るなり」というような文言を唱えて柏手を打ち、角樽に水を汲んで持ち帰るのでした。この水で「雑煮」を炊き、家族で新年を迎え、1週間は骨休めをするのですが、母には煮炊きと農耕牛の餌やりなど毎日の作業がありました。子どもの私たちは、蛋白源であるウサギや鶏のエサ係でした。

「正月の間は山の神様が木の数を数えるので、山に入ると木の数に読み込まれるから山に入るな」という言い伝えがあり、入りませんが、正月が過ぎるとすぐ山に入って薪を一荷分とり、背負って帰り小屋に保存しておきます。そして、この薪で田植えの最終日に田植えをされた方々にご飯を炊き賄いをしたのです。これを早苗饗（さなぶり）と言いました。各季節の行事は、「伊勢暦」とこれらの土地に根付いた風習によって行われていました。

母も祖母も野良仕事人

母の毎日は、朝6時前には起きてかまどに鍋をかけ、薪に火をつけて家族の朝食の支度をするところから始まります。鍋に茶袋を入れてお粥を炊き、漬物を刻み、別の鍋でおかずを炊きます。その作業の合間に、二つのタライに男女別に洗濯物と風呂水を入れて浸けておいてから牛小屋へ行き、押切で藁を7束ほど3～4センチの長さに切り、それを桶に入れて糠や野菜くずを混ぜて牛にやるといった作業をします。朝と夕方のエサやりは母が担当していたように思います。その時間になると家族が起きて祖母が朝食の準備をしてみんな揃うと朝食となります。朝

母と祖母の麦こなし作業

食が終わると母は洗濯をし、その後野良仕事へ出て行き、祖母や叔母たちは食事の後始末をして同じように野良仕事に行きます。私たちは学校へ行き、昼は食べに帰り、また登校です。夕方帰ると井戸から水を汲むのが仕事で、休みの日は足踏みの米つき機で米や麦をつきました。

祖父は足が悪く力仕事ができなかったこともあって、家では祖母も叔母たちも、そして母もよく働き、いろんな作業が年中ありました。秋の落ち葉集めや春のレンゲ刈り、人糞や牛、ニワトリ、ウサギなどの下肥処理は、田畑の地力をつけるための堆肥作りとして重要な作業です。当時金肥は配給制で必要量は手に入らず、数年後の地力をつけるためには欠くことのできない作業だったのです。

そして、春の種まき、麦の収穫、麦こなし、田ごしらえと並行して田植えと続きます。その前後は養蚕の蚕のエサである桑の葉採りの作業もあり、朝3時か4時ごろに出て6時ごろ帰ります。濡れた桑葉の水分を拭く作業は私も手伝ったことがあり、温度調整と桑葉の刻みは祖父がよくやっていました。繭やかせ糸となったものは業者に出すことが多く、少しの収入にはなったのだと思います。残りのかせ糸で、近くのお年寄りが機織りをし、自分で反物をおりあげるというようなこともたまにはあったようです。

母は、忙しい農作業の合間には「賃仕事」もよくこなしていました。筏用のカズラ採りや苔採り、石持ちや砂持ちなどの「持ち」という仕事、スギやヒノキなどの苗植えや種苗、土木作業などの他、近くの家への「手間返し」「軍役」という出役など、家の働き手としての役割があり、働き虫であったと思います。当時はどこの家の女性も同じようで、特に田植えや取入れの忙しい時期は「手間返し」が普通にあり、手間で返せない時は1日の労働を玄米1升で換算して返したようです。

当時は、朝昼晩の3食はおかいさん（茶粥）が主食で、時には「四ツ茶」や「八ツ茶」といって朝9時ごろと午後3時ごろにおやつの時間がありました。主にイモ類や柿、栗、干物などで、夜には夜食を食べた記憶もあります。「茶腹もいっとき」だったのです。

「夜なべ」は常で、夜9時ごろまではどの家からも藁をたたく横槌の音が聞こえたものです。履物はほとんどわら草履で、牛の草履、ワラジ、荒縄、農作業用の縄類、ムシロなどはすべて自家製で、時には「シュロ縄」も夜なべをして作ったのでした。私が5歳くらいまで囲炉裏があり、古い家のすきま風の入る中での仕事でした。

さまざまな「職人」が助け合い

人々は、地域の中で生きるために必要な役割を持ち、また中には専門的な技術や役割を持った、プロではないがセミプロといえるほどの「職人」がいて、草刈り場の共有、手間と手間返し、地域の行事の協力、助け合いなど「結」的な絆で、共に働き連携して生きていました。日本のどこにでもあった風景で、田んぼについている「焼け野」には、ススキや茅、各種の灌木（落ち葉は堆肥の原料）、シュロの木、柿、栗、果樹、薬草などが植えられていました。それは生きるための助けになり、そしてこの力が、食糧難や困窮の時代を乗り切ったのだと思います。

この時代に私の故郷では、仕事として次のようなものがあり、地域はある意味自給自足に近く自立していたのではないかと思います。杣師、木挽き、筏師、伐り（木の伐採）、出し（出材）、皮はぎ、鋳掛屋、鍛冶屋、桶屋、指物師、大工、屋根屋、産婆、縫子、畳屋、髪結い、紙漉き、商店、飛脚、荷持ちなどがあり、季節によっては富山の薬屋や各種の行商人、金魚売屋も来ました。

「戦争がなかったら…」

そういう生活の中で、母は四六時中うつむき、土を相手に話し、辛抱を辛抱と感じることもなく、多くを語らず、嘆き声もあげず、すべての現実をたった40キロの小柄な体で受け止めて生き抜いたのだと思いますが、それは決して素晴らしい生き方といえるものでもありません。戦争で受けた大きな傷あとに屈しない強い母でありましたが、本当は打ちのめされ、あきらめていたのでしょう。戦争を恨み、父の死を悼みその墓を守って生きた人生でありました。亡くなる少し前、体が思うにまかせなくなってからは、「お父さんがおったらなあ」「戦争がなかったら、こがぁなことにはならなんだのになあ」と母はひとりごとのように言っていました。母の92年間は戦争という不合理極まりない運命に翻弄された生涯でしたが、これが私の家の「憲法」であり生活の原点とも言えるものなのです。

2. 戦中の私の体験

最近では記憶力が低下し、昨日の昼食は何だったかを忘れる日々ですが、小学1、２年生の体験は、忘れられない記憶として焼きついています。当時の生活を思い返してみました。わずかな体験ですが、忘れられない戦中体験記であります。

小学校の頃

私は、１９４４年４月に東国民学校、殿原分教場の初等科１年生に入学しました。体格は小さい方でしたから、朝礼で並ぶと前から３～４番目でした。ランドセルは10歳違いの大先輩からお下がりをいただき、学生帽は田辺で働いていた叔父（母の弟）から新品が届きました。うれしくてランドセルを背負って家の中を歩きまわり、背中のランドセルがガタゴト鳴った音が懐かしく思い出されます。新入生は19名でした。

服は半ズボンと上服のお揃いを大阪で働いていた叔母（父の妹）が贈ってくれました。その服は入学式だけ着せてもらい、２年生になると私は少し大きくなったので、結局小さくて着ることもなく、ただ1回きりで古着となりました。入学以後は、地域の皆さんのお下がりで通学、父親の親友からは、ブリキの筆箱と戦車が描かれた下敷きを頂き、祖父から鉛筆と消しゴムと肥後守（ナイフ）を貰いました。それからは毎日が起床ラッパと消灯ラッパの生活になりました。

日の丸を振って叔父を送り出す

初めての夏休みの終わり頃、叔父に赤紙が来ました。父のいない自分は、この叔父を頼りにしていたのでしょう。送り出した後が寂しく、不安であった幾つかの思い出があります。9月の新学期には、叔父はもういなくて、初めて書いた軍事郵便のハガキは、習いたてのカタカナ文字を並べ、消しゴムのあとが黒く残り、読めたのか、届いたのかは不明ですが、日の丸はきれいにかけたと思います。

そして2学期になると午後の授業があり、お昼は自宅へ食べに帰りました。学校から走って山坂ある細い道を帰り、急いでお粥を掻き掻きこむように食べ、また走りながら学校へ戻るのですが、お腹のお粥がチャボンチャボンと鳴るのです。途中釣り橋を走って渡るバタンバタンという踏板の音と、上下・左右に、波打ち揺れる面白さを満喫したものです。

学校の東側に毎朝全校生で拝む「東方遥拝所」があり、その手前に小さな銃器庫があって、続いて防空壕がありました。その壕の天井がカマボコ型で、隊列行進の指揮台として利用されていました。壕の中は両側に出入り口があり、1年生は真ん中付近に集合したと記憶しています。壕の中央には通路がありその両側に細い木製の椅子が作られていました。１９４４年の8月末、出征する叔父が壕の上の指揮台の傍で挨拶をして、日の丸の小旗を振って送り出されたことを覚えています。

叔父が出征した年の10月、姉が「靖国の遺児」として和歌山の護国神社参拝に参加したことがありました。役場の方に連れられ、祖父が丁寧に書いた名札と白黒の紋章を胸に付け、草色の新しいリュックを背負い出発しました。それは、確か戦没遺児の戦勝祈願祭だった思います。

また、焼け野のススキの穂を取り、それを学校に出したこともありました。浮き輪にするのだと聞きましたが、本当かどうかはわかりません。秋の穫り入れを手伝う時、空を飛ぶ飛行機を眺め、青空高く、機体の反射光や飛行雲がきれいに描かれていたことが目に残っています。

その年（１９４４年）の12月末に、仕事の関係で樺太に住んでいた伯父（父の兄）が祖父母に会いに帰りました。数日後に樺太へ帰る途中、青森駅で電報によって召集令状を受け取り、１９４５年1月に樺太の守備隊に入隊しました。そして、終戦と同時にシベリアに抑留され、シベリアでの2年余りの抑留生活を終え、ボロボロの姿ではありましたが無事復員しました。当時樺太に残された伯父の家族は、終戦直後に逃避行を重ね、伯母は断髪、男装状態で、生家のある北海道釧路へ子供たちと共に４人で逃げ帰ったと聞きました。そして、最終的に半年後の１９４６年の春、伯父の生家であるわが家に帰って来たのです。

１９４５年の７月に和歌山市から疎開していた方たち５人を迎え、いっとき11人家族となっていたわが家は、終戦後の９月、その家族が隣の借家へ移り住み、元の６人家族となっていたのですが、翌年の春、樺太から帰ってきた伯父の家族４人が加わり10人家族となりました。食事時は、賑やかで、食べたのかどうかわからないような騒々しい時間が過ぎました。お粥はシャブシャブで、おかずは漬物が活躍し、皆「自分の目の玉がお茶碗に映って豆と間違った」と笑いながら食べたものです。

戦後は大家族となって

１９４６年春には、中支（中国）から叔父が復員し、わが家は11人の家族となりました。叔父はやせて細くなって、マラリア熱を持って帰り数年苦しめられましたが、とにかく生きて帰ってきたのです。頼りにしていた叔父でしたので、家族は本当に喜びましたが、周辺で遺骨となって帰る人もいる中では、祖父母はある意味複雑な気持ちもあったと思います。しかし戦後の混乱が続く中、衣食住すべてが不足し、働き手もなく不安だった時期に帰ってきてくれたことは本当に嬉しいことでした。その叔父も本年（２０１５年）５月に92歳であの世へ旅立ちました。

そして、翌年の１９４７年晩秋に、シベリアに２年あまり抑留されていた伯父が帰国、12人の家族となりました。この伯父は１９７１年に63歳で没しています。

以上の経過に至るまでの、１９４５年４月、私が小学２年生になった５月５日（土）にＢ29が墜落したわけです。その時の空の色、軽く、乾いた機関銃や機関砲の発射音、めりめりとＢ29が三つに分解した音、墜落時の解体した機体の破片、怖くて震えながら走ったあぜ道と爆発音、この瞬間、耳にした音を単純に拙著の標題に「轟音」と私は名付けました。そしてこのことは何回思い出しても同じ場面ばかりなのです。

同級生の死

１９４５年の10月12日の金曜日、仲良しの同級生の男の子が亡くなりました。

今ここに書き残す気持ちになったのは、今までずっと私は、彼は戦争の犠牲者だと考えて来たからです。

戦中の食糧難の時代、一億総栄養失調と言えるほど食糧は不足していました。この地域でも食べられる臨時食糧とも言えるものを山野に探し求めた日々で、補助食用に「イナゴ」とりが行われていました。

イナゴ捕りの帰途に

その日の午後、彼は自宅の前を流れる丹生ノ川の向かいにある田んぼにイナゴを捕りに行ったのです。捕ったイナゴは瓶に入れ持ち帰ります。大切な稲の穂が出た頃、イナゴが群れとなり大群で飛び回り稲穂に群がる、それを捕え人間が食べるわけです。

彼は、多分たくさん捕ったのか、帰る時は同じコースではなく、行きに利用した針金の吊り橋を渡らずに、橋の上流で川を直接渡り自宅に帰ろうとしたようです。日常的に慣れた自宅前の川なので、衣服を脱ぎそれをベルトでしばって頭の上に乗せ、瓶を抱えて一直線に自宅を目指したのだと思います。常日頃川遊びは得意でしたが、前夜の雨で少し水量は増え、「ささ濁り」の流れに足を取られ、たった一つの命を奪われました。その後彼は約２００メートル下流で発見されました。

その２日後、私は担任の先生の書かれた「お別れの言葉」を読む役割を告げられ、彼の前で読みましたが、涙と汗で文字は見えず、最後は彼の名を呼び「さいなら」と声をかけたことが脳裏に焼き付いています。あれから71年です。

私は、彼も戦争犠牲者だと思って生きてきました。戦争がなかったらと、思い続けて来ました。戦争はそんな苦しさや傷跡を家族に残すのです。ふと、小学2年生の時の思い出に引き込まれると、弔辞の言葉と呼びかけが鮮明に浮かんできます。今の平和な時代、社会であるが故に、戦争時代の生活を学ばなければと故人に誓い、書き記しておきます。

終戦を迎えたころ

前にも書きましたが、１９４５年7月になり、たぶん和歌山空襲（7月10日）で焼け出されたのかと思いますが、和歌山県庁前で旅館を営んでおられた縁者が、一家6人で疎開して来られ、その中に4年生の男の子がいました。夏休み前の出来事で、すぐ夏休みになりましたが、その子はそれまで休めていいなあとうらやましく思ったものです。夏休みの遊び友達ができて、少し落ち着いて夏休みを迎えました。2人で魚とりに西ノ谷に行くのが楽しみで毎日のように行ったものです。そんな時に終戦を迎えたのですが、それから先が大変でした。

8月15日も、慣れた西ノ谷へ魚をとりに行きました。その日は好天で、B29の墜落現場より下流の所に尾根を越えて行くと、墓標と白いペンキを塗った十字架がきれいに見えました。墜落現場周辺も元の姿に戻りつつあり、青い草の中に墓標と十字架が建てられていました。その前を通り抜けると、墓地の上流に小さな滝の流れが見えたのですが、よく見ると、それはジュラルミンの板が深く埋まりその上を谷水が乗り越え、滝のように流れていたものだったのです。その下流が深くなり泡状になっていて、泡の中には魚がいるかもわからないと思い、その水たまりに入ると案外深く腰までの深さがあり、怖かったことをよく覚えています。

上流では小さなイワナやコサメが捕れて、勇んで3時ごろ帰ると、大人たちが右往左往しており、「戦争に負けた」と聞かされました。突然怖くなり、どこへ逃げようかと思案した記憶があります。

その直後の8月20日過ぎに、疎開されていたご家族が赤痢となり、家と周辺の屋敷までが消毒され、臭いが残る中で2学期を迎えることとなりました。このことは村の宿直日誌にも終戦後の記録で残されています。また、被病施設へ疎開者の一人の青年が収容され、向かいの山から手旗信号で連絡したことを覚えています。その後9月の末頃になって、そのご家族は、近くの空き家を借りて生活されるようになりましたが、翌年の春には関東地方へ引っ越して行かれました。

墨塗り教科書と空腹の毎日

小学校2年生の2学期には、毎日のように、書道実習ではありませんが、硯や墨との格闘が始まりました。その理由は、4月に買った教科書の内容が不適切だと、その部分を見ないよう、読まないように、先生から指示された部分に墨を塗ったからです。それは「教科書の墨塗り作業」でありました。当時は子どもだったので、その意味はよくわからないまま、ある意味楽しんで塗ったのですが、先生方はどんなに複雑な思いをしたことでしょうか。

また、この時期の体験の大きな印象は「空腹」の体験です。着る物も不足していましたが、それ以上に食べることが大事でした。米1粒を大事に食べる習慣は今も残り、弁当は蓋の裏からから食べ始めます。私たち戦中時代の体験者は、楽しい思い出はありませんが、忘れることができない傷跡を背負わされた事実を後世に伝え、同じ重荷を背負わないようにと願うばかりです。生きるということは、命が保障されていること、食べられることが原点です。それは「平和」の土台でもあります。おびえ、おののき、不安な状態を少なくする努力と政策こそが「積極的平和主義」ではないのかと思ったりします。

現代社会は早くから飽食時代と言われてきましたが、それは本当なのでしょうか。わが国の食料自給率は30％台であると言われながら、飽食？と不思議に思うのです。戦中の生活は、食べ物が本当になく、「栄養失調」と「針金に味噌」（やせ細った体の表現、骨皮筋衛門とも言った）の健康状態と海人草による回虫駆除の時代でもありました。そして衣類も不足していて、着たきりスズメで元の生地がわからないくらいのツギハギの衣服、暖房は火鉢だけで鼻垂れ小僧ばかり、戦後の不衛生な住環境で、ノミにシラミとＤＤＴ、戦後は給食の脱脂粉乳で下痢をしたことも度々でした。

わが家は小作農ながら田畑を作っていたので、少量でも米と麦はありましたが、終戦間際になると大家族で、供出と小作料を払うと自宅の年間保有米が確保できない状態でした。せめて自作農であったならと母や祖父母は思ったであろうと思います。わずかなお米の食い延ばしに四苦八苦の状態です。主食は「お粥」で乗り切りましたが、そのお粥は、少しの米や麦に、稗、芋類、大根、南京、なんばキビなど、また時にはコウリャン、アザミ、椎の実、栃などを入れた「雑炊風のお粥」でした。その他にクサギ、ズイキ、柿や柿の皮、乾し芋や芋蔓、野鳥、タニシ、ほうじいもと、食料不足を補うためには何でも食べなければ生きられない時代でした。そんな時代はもう来ないとみんな思っているのかも知れませんが、そう断言できないとも言えます。

食料は命の源泉

日本の台所事情を考えると、先にも述べましたが食料の自給率が低いと言われています。すなわち輸入依存率が高いということであり、自給率が低いと言うことは、国民が常に食糧不足の状態に置かれているということです。

今はお金を払えば、何でも手に入るとも思われていますが、どんなにお金を積んでも「ない物」は買えないのです。「飽食時代」ともいわれていますが、その言い方は大いに間違いではないかと思います。この飽食と言う言葉の中身が理解されず、表面の現象だけで理解し安心してはいませんか。この言葉の陰では、農耕民族としての自然の恵みや田畑の実りを軽んじる傾向が強まり、本来の食文化から大量消費文化を重んじる風潮が強まっていることも事実です。

人間は、食べ物がなくては生きられません。命の泉である食糧を大切にしないということは、人間の命を大切にできなくなるということです。この考え方の根本は自然の中に人間が生かされていると考える生き方だと思います。今や、そんな戦中、戦後の食糧難のような時代は来ないと言い切れるでしょうか。

国を守るということは

今、日本の国土は荒廃が激しく進んでいます。外国の安い材木が入ってくることによって日本の森林に手が入らず、山や森が荒れています。そして、山村だけではなく中山間地に人が住みにくい状態の中、都会への人口流出に歯止めはきかず、また高齢化によって今やどうしようもない「耕作放棄地」がどんどん増えています。私たちの地域も「限界集落」と呼ばれ、日本中で、地域の維持、存続が危ぶまれ何年か先には「村の消滅」さえ危惧されているような事態が起こっています。

長い年月、代々の先祖たちが汗を流し開拓した田畑、日本の国土、日本人の米蔵が荒れ果て、再興が困難な状態におちいっています。国は「国民の命と安心、安全を守る」と言いながら、国民の命の泉が荒れ果てているこの危機的な状況をどう考えているのかと思ったりします。

食糧難の体験者は、何よりもまず「食べ物不足」が生きることを脅かすということを肌で感じています。国民の命、即ち食料を守る責任が国にあるということを確認しておきましょう。

私は、この国の将来を思えば、全国各地の村々の廃村を聞くたびに日本人の未来を憂えています。

有史以来培ってきた暮らしの原点が刻々と全国各地で消えているのです。

父の命の保険が…

そして食べること以外で、もう一つ笑うに笑えない珍事の経験です。

何回も述べますが、１９３８年に父親が日華事変で死亡しました。国は戦争ではなく事変と呼んでいますが、事故死ではなく「戦死」となっています。その翌年の9月、即ち１９３８年8月17日「支那事変ニ於ケル功ニ依リ金五百五十圓ヲ賜フ」という「賞勲局総裁」の大きな印鑑が押された一枚物の上奏原簿（第62回第９９２頁裏印）を死亡した日付で受け取りました。いわば父の命の代金です。当時祖父は、この賜った５５０円の内の５００円を孫の私名義で生命保険会社と契約していました。その契約期間は、30年満期で満期後5年間据え置きの内容でした。祖父は１９４８年12月、61歳で逝去し、私名義の保険は契約35年後の１９７４年9月に満期なりました。平和のお蔭で私は、戦後の栄養失調の危機を乗り越え、すくすくと育ち37歳を迎えた夏、大きな保険会社から満期通知が届きました。さすがに大保険会社です。契約内容の通り3倍以上の金額が受け取れることになりました。受け取り総額は、１６１０円余にもなっており、大阪本社窓口でお支払いしますとご丁寧な連絡をいただきました。これで少しばかり気楽に晩酌が飲めると思った瞬間、その一瞬の喜びのための35年間が、大きな歴史の転換期に

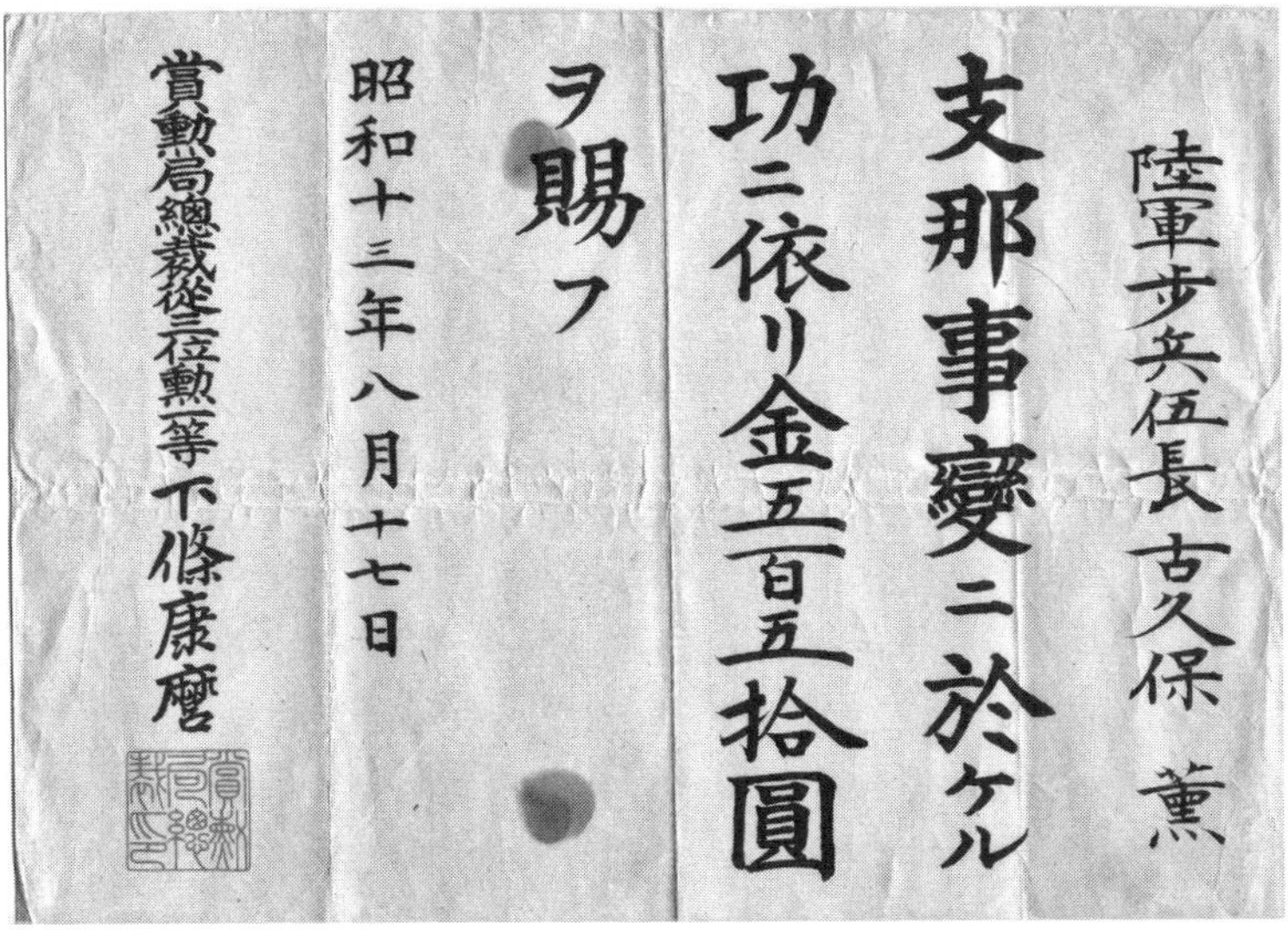
陸軍歩兵伍長古久保　薫
支那事變ニ於ケル
功ニ依リ金五百五拾圓
ヲ賜フ
昭和十三年八月十七日
賞勲局總裁従三位勲一等下條康麿

父の特別弔慰金

飲み込まれてしまっていました。当時コーヒー1杯が全国平均で105円、ガソリン1㍑が、51円でした。結局、戦争体験者の意気を示して大保険会社に寄付をさせていただきました。

次の時代の子や孫を思い、国債の割り当てを買い、奉公貯金や将校貯金を出して戦争に協力した上に、祖父は、愛する息子を25才の若さでなくし、その命のお金で残された孫のためを思い保険料を支払ったのです。それは孫の将来を心配しての行為でしたが、予想外の結果であったことを知らずに逝った祖父のことを思えば、その思いに感謝しながらも、申し訳ない気持ちで一杯になります。あの時代を懸命に生きた祖父や家族を考えると、だからこそ余計に、不幸な歴史の繰り返しを重ねてはならないと強く思うのです。

第4章　遺族探し

1. 遺族探しのあゆみ

1998年3月31日、私は無事に和歌山県教育職を退職しました。38年間の職務と時間の制約から解き放たれ、一抹の寂しさを持って、どうにか無事に定年を迎えられました。

翌月、4月1日からは、龍神村社会教育指導員として任命され、関係職員の支えを得て、地域社会の中で4年間任務を果たすことができました。

この4年間には、現職当時から関わりを持っていた村内の史跡調査結果の整理を行い、小冊子としてまとめられたことや、同時に地域の民話や行政資料の整理、古文書調査、B29墜落事故の資料調査に関わりを持つことができました。

2014年になり、社会教育からも退きました。ちょうど国の市町村合併が推進された時期で、住民意見を多く聞くために「合併を考える会」を組織し、住民の権利意識と責任で、市町村合併の利害得失を明らかにしながら、住民意見をまとめ、決断を議会に委ねました。

そして一方では自分自身の退職後の課題としていた、誕生以来、出会うことが叶わなかった父親の臨終地である中国の山西省の地に一度立ちたいと思っていた願いを叶えることができました。

また、家族で目指した「母の長寿目標100歳への挑戦」でありましたが、2005年12月、

92歳で母は苦難の生涯を閉じ、家族の目標は叶えられず無念な見送りでした。

父親の命の最後―軍隊手帳から

父は１９１４年（大正３）３月27日に生まれました。
当時は、男子20歳で必ず体験しなければならない、兵役（徴兵制）がありました。
父の遺品である「軍隊手帳」からその軌跡を少したどってみます。

昭和９年12月１日和歌山連隊に入隊
　17日平城出発
　18日より平安北道江界郡に到着、国境警備隊に服す
昭和11年10月25日61連隊機関銃隊に入隊
　11月22日召集解除　現役服役２年
　陸軍歩兵上等兵として昭和６年から９年の「事変ニ於ケル功ニ依リ　金５
　拾５円賜ル」
昭和12年７月27日動員下命
　８月21日大阪港発
　23日釜山着　連隊編成後、９月鴨緑江通過

（この間の10月6日に私が生まれる）

11月11日より大原攻略作戦に参加

昭和13年2月より黄河追撃戦

6月26日より山西省の戦闘に参加

（その後さまざまな戦闘に参加）

8月17日午前11時戦闘中に前頭部後頭部穿透貫通銃創にて戦死、25歳

「陸軍歩兵伍長、支那事変ニ於ケル功ニ依リ功七級金鵄勲章並に年金百五十圓及勲八等白色桐葉章ヲ授ケ賜フ」

父の遺影

父の戦死と私

これらは、父親の軍隊手帳からひろったものです。この実質4年間の歴史、それも父が兵役につき戦死に至るまでの隙間で私は生れ育てられました。過去の時代では、こんな奇遇な人生があったのです。私の命のはじまりは、生まれる前からの筋道が決まっていた命であったかのような感じさえします。

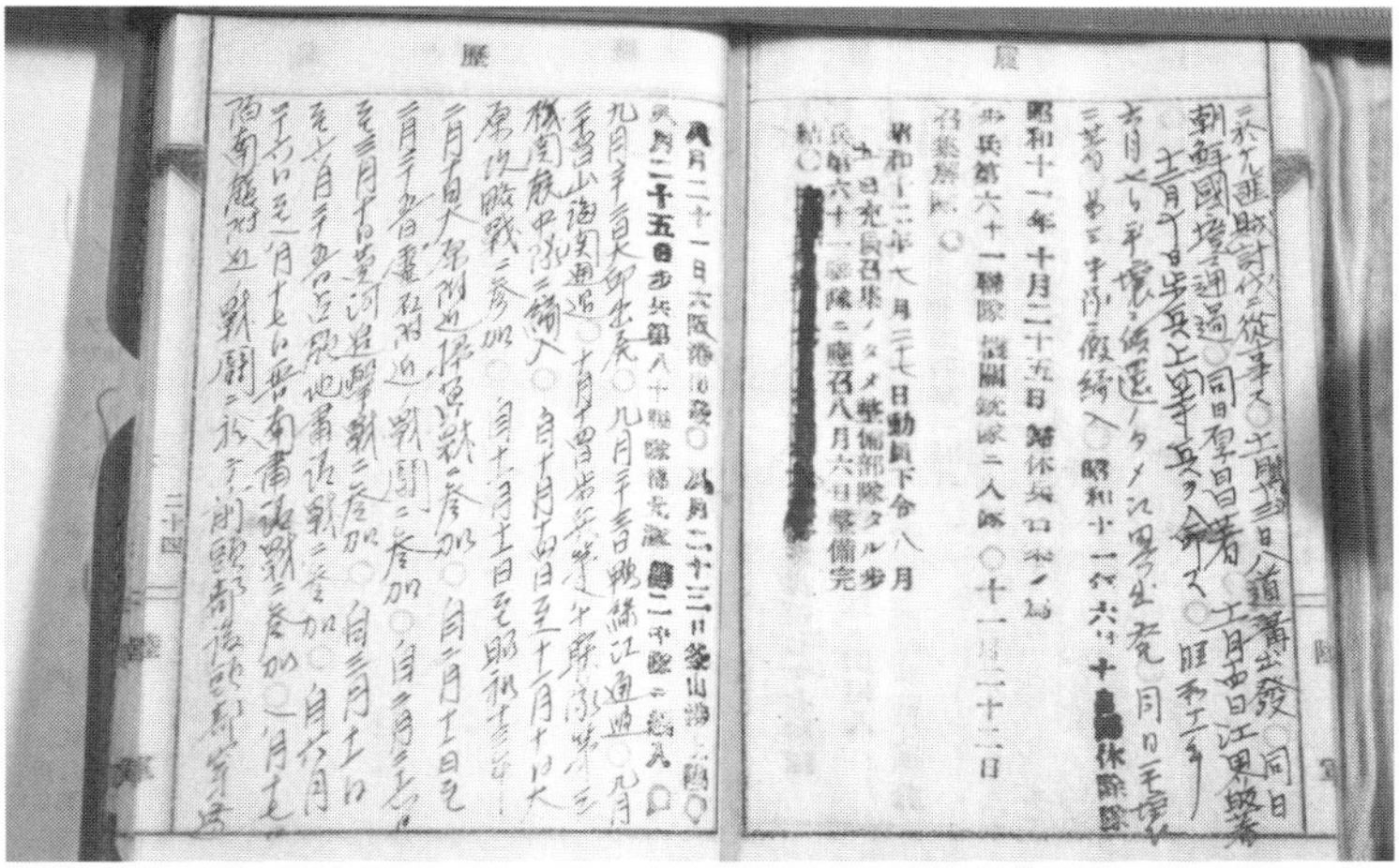

父の軍隊手帳の最終、戦死の状態の記述がある

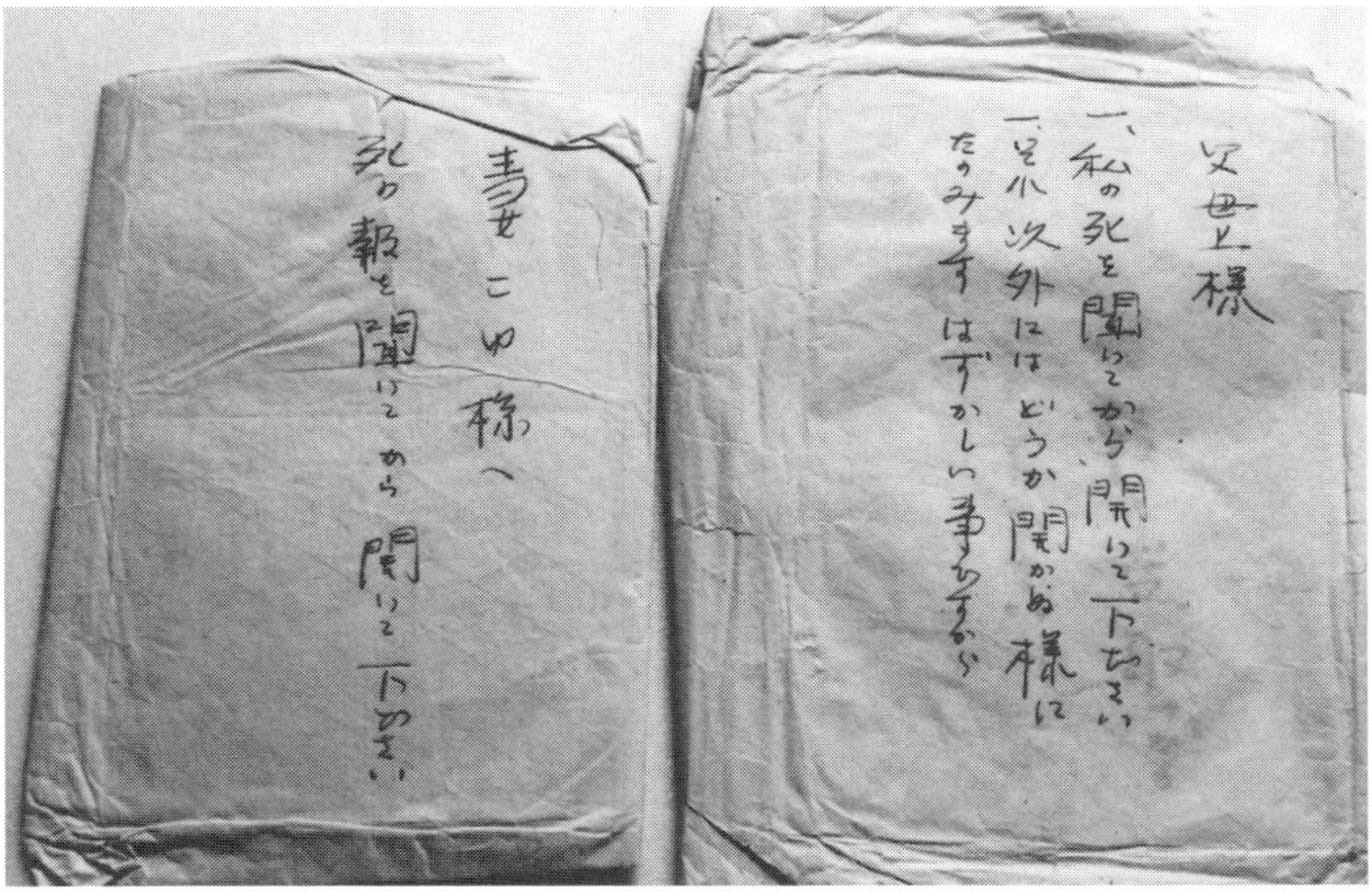

父の遺書（1938年の出征前）。「私の死を聞いてから開けて下さい」とある

ここで少し歴史の勉強です。国が満州事変や支那事変を戦争とは呼ばなかった意味合い、戦争ではなく事件、事変とした意味合いを考えてみて下さい。

また、昭和16年当時は戦死者が終戦前ほど多くなかったからか、もしかすると私の父は運がよかっただけかもわかりませんが、父の遺骨は帰って来て「村葬」をしていただいたようです。

そして、「金鶏勲章」というものをいただきました。叙勲制度は、幕末に始まり、明治憲法下で大きく変えられて、昭和12年に戦前の勲章制度は固定しましたが、女性への勲位や戦死者への扱いの変化など、戦争推進と大きく関わり、名誉と命のすり替えにつながり、国民統制の役割

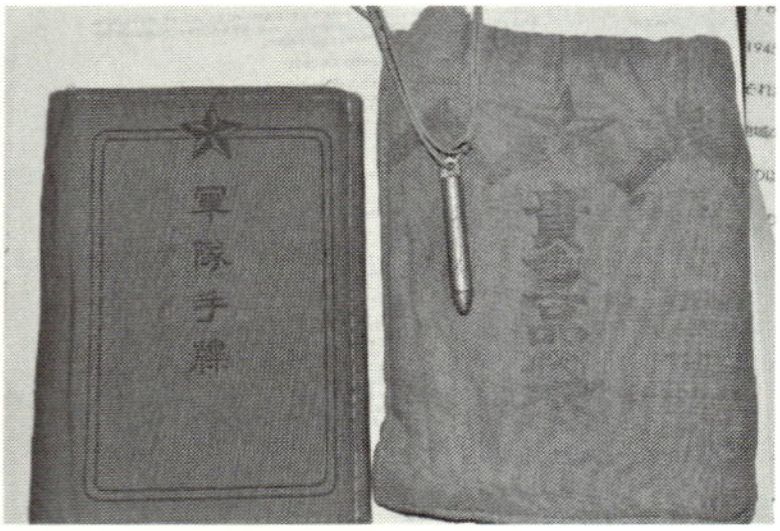
父の軍隊手帳と貴重品袋

功七級金鶏勲章

勲八等白色桐葉章

を果たしてきました。「戦争でお国のために命を捧げた」「名誉の戦死」「靖国の母」「金鵄勲章の家」などと、ある意味注目を集め、そのことによって「国のために命を差し出すことはすばらしいこと」という世相が形作られていったのです。

しかし私は、物心ついた頃から、自分に父がいないことの不思議さについてたくさん考えました。父はなぜ戦争に行ったのか、なぜ行かなければならなかったのか、行かないとなぜ言えなかったのか、父が生まれた時から戦争へ行くとか筋道が決まっていたのか。

そして父親の運命を担い、そんな時代を背負っていたのは祖父母でした。祖父母は、そして母は喜んで父を送り出したのだろうか、自分だったらどうしただろう？「戦争推進力、権力と武力」の中に生きた人間の宿命なのか。その戦争をなぜ始めたのか、その答えを私は生涯問いかけてきました。

ここに、私が始めた、この地に墜落したＢ29搭乗員兵士の遺族探しの大きな理由があります。

戦地の父へ初めて送った生まれて4ヶ月の私の写真（1938年2月）

戦争遺族の生き方を求めて

墜落兵士の遺族が感じて来たであろう悲しく、寂しく、辛かった思い。無理に命を奪われ残された遺族、その思いが私には容易に想像できたのです。もし墜落兵士の遺族と連絡がついたら、そしてこの殿原で起きた事件のことを伝えられたら、残された遺族の心を少しでも癒すことになるかも知れないと思いました。同時にそれは、自分の傷跡を癒すことにも通じることでした。また、そうすることで、同じ過ちを繰り返させない思いとなり、命の尊さを現わす行為につながるとの考えに至ったからです。端的に言えば自分の思いを納得させるために、できることをしてみたかっただけかもわかりませんが…。

戦争で奪われた命は、同じ人間が奪った命です。戦争を防げば生き延びられる命がたくさんあったのです。後に続く人間として「同じ過ちの歴史を繰り返させない努力をすること」が命を落とした方々への責任と供養になると信じています。

そのためには、自分自身が戦争に対する考え方を確立して生きることが基本です。戦争反対を言いながら戦争をすることはできない。戦争反対ならそのための生き方や考え方がなければならないというのは当然のことのことであります。これは、戦争遺族としての当然な生き方で、本人はもちろん、その家族、友人、知人は同じ思いを抱き持つと思いました。そしてこの気持ちは、日本人でもアメリカ人でも同じではないかと思い始めると、それを確かめたくなりました。

縦から横へと関係を広げて

そうして、本当に小さな思いでしたが、その思いを確かめる行動を始めたのです。人間として生れた以上、みんなは、一つの命を縦の関係で与えられ、人類としての染色体を受け継ぎ、次の世代に子孫を残す、即ち遺伝子の引き継ぎでもあります。そして与えられた命は、横の関係で育ち、そして生活しています。これは人類の歴史そのものです。

縦と横の関係は、愛情と信頼が基本です。だから悲しみも喜びも感じることができます。そう感じ考えた私は、自分が体験した人間としての気持ちや思いが同じなら、必ず戦争に対する考え方も同じだろう、先ず縦の関係を確認して、次は横の関係で多くの人々がつながれば、戦争のない社会へ一歩でも近づくと信じたのです。

そのためには、先ずこの地に墜落したB29事件の正確な記録が必要だと思い、拙い一文を書き残しました。それが『轟音―B29墜落の記―』でした。この小さな記録をもとに、より確かな内容にすることが自分の責任だと思ったのです。

また、B29爆撃機は、戦争を推進するアメリカ軍・政府が開戦前から研究開発している飛行機だということを知り、よけいに「人殺し計画」に怒りを覚え関心を持つようになりました。

そうして時間が流れる中で、時間をかけて遺族探しを始めました。その経過は各項目の中で述べています。

田舎の山の中で生活している高齢者は、そのための手立ても頼れる組織も力も何もありません。思いつくままに、行動しました。手始めに、アメリカの大使館と大阪の領事館へ拙いお便りを出し、自分の思いを伝えました。しばらくしてからお返事を頂き、アメリカにも遺族会があることがわかりましたが具体的に連絡方法まではたどり着けませんでした。

マークさんたちが見学に訪れた刀匠の安達茂文（龍神太郎源貞茂）氏（2007年9月）

その後お便りを出した話を聞いた方々からいろいろとアドバイスをいただき、その支援が勇気となって、奇跡的な機会が巡ってきました。それは2007年9月、美術刀剣鍛錬士の安達茂文氏宅へマーク・クロークさんとリサ・クレインさんご夫婦が訪れることを彼から伺い、お会いする機会を得たことです。初めて「アメリカの人」にB29の事件を伝えるとともに慰霊碑の実態を見ていただき、自分の思いをお話しして遺族探しのご協力をお願いしました。

これが一つのきっかけとなり、私の次

の行動に大きな勇気を与えてくれたと思います。時間的にはその後３年間を経過しますが、２００９年、２０１２年と合わせて３回の出会いが、結果的に実を結び遺族のお一人との連絡につながりました。

マークさんとリサさん（2007年9月20日）

また時を同じくして、カトリック教会の神父様方のルートが結びつき、先のリサさんの帰国後の行動があって、遺族と連絡できるようになっていきます。それらはまさに横のつながりですが、それが絡まり合いお互いが予期しない奇跡の積み重ねとなり、感動と共に人間のつながりが広がりました。「インターネット」という現代の情報の結びつきがあったからこその、まさに神業に近いできごと、奇跡の連鎖でありました。

言葉での説明が困難なため相関関係の図を次頁に入れています。図の作者は映画『轟音』の監督を務めていただいた笠原栄理さんです。

この取り組みは、２００５年の６月から始まり、

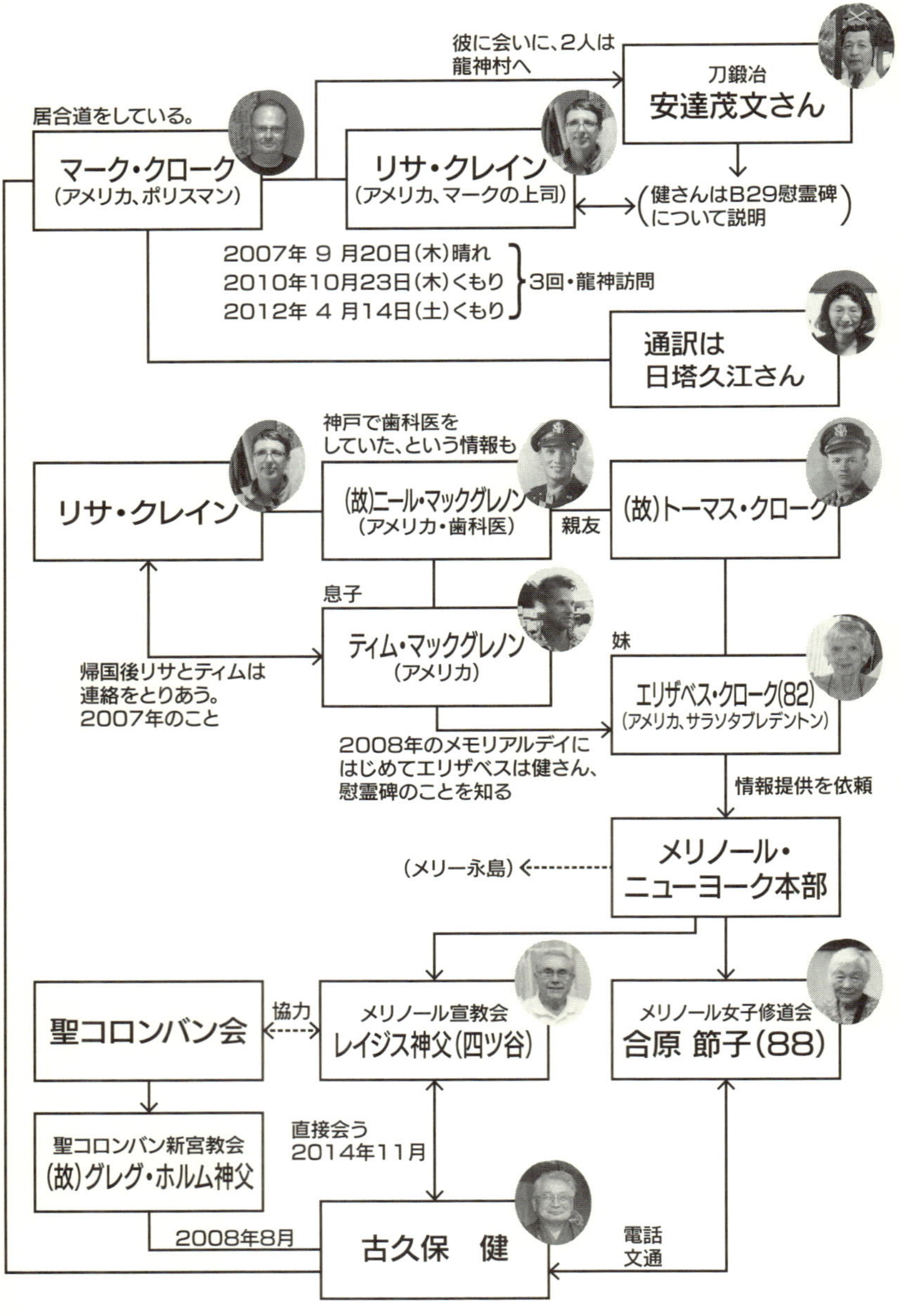

(笠原栄理さん作成による相関図)

多くの経過を経て、第一報を確認したのは２００８年の8月8日でした。

そういうことで私は、結果的に情報機器の世界へ引き込まれましたが、未だ完全には習得できず、皆様にご迷惑ばかりお掛けしています。しかし、そのおかげで多くのみなさんのご支援で楽しい交流が続いています。

言葉、話として伝える努力から、文字に表し書き残す、そして映像化した事実の記録にと大きな実を結びました。そこには作られた言葉はひとつもなく、みんなの素直な、その時の言葉を大事にした映像が記録されています。

2. 情報化に遅れて

世は情報化時代とは言え、その頃の私は、勇気を出して始めたパソコンに遊ばれながら、どうにか入り口に手が届き、Ｅメールというものを初めて経験し、やっと情報化の世界を体験できた喜びを感じた程度の状態でありました。自分から時代遅れと自慢せず、失敗しながらもあきらめずに情報化時代を乗り越えようとした体験と、そのことによって得られた遺族とのつながりについて少し記録しておきます。

私は、現職時代にワープロをはじめ、退職後の２００１年にパソコンを購入、ワープロよりは便利だ、これは便利だと感じましたが、感じただけでは動かない。そこから毎日お見合いが始まりました。最大の目玉のネット通信を設定したものの猫に小判の状態で、先覚者を頼りにパソコンに向かう毎日でした。質問しようにも用語を知らないと質問できません。年のせいにしたくはありませんが、固くなった頭ではなかなか理解できません。予想外の指示に機器が戸惑ったことだろうと思います。

こちらは、習うより慣れろだ、と我流で挑戦すると、パソコンは別世界の指示に「固まって」抵抗する。メールを発信すれば、間違いを指摘され戻ってくる。約半年かかっても自分の利用範囲が限られてしまい新しい分野に手が届かない。そんな状態でしたが、それでも努力し挑戦を重ねれば、前には進みます。見つめる先が前方であれば、前に進むものです。

涙ぐましい時間が過ぎ、そしてその間に田辺市の情報網も整備されていきました。少しパソコンが気を利かしたのか、自分が慣れて来たからか、格闘のお蔭で私はインターネットで調べものや、メールのやり取りが少しはできるようになっていました。そんな中で事態は変化して行きました。

エリザベス・クロークからのメール

２００８年夏、昼前に突然メールが入りました。感動の瞬間です。発信元はＵＳＡです。でも私には英語の能力がありません。辞書を引き引き単語を調べ、おぼろげながら内容をつかみ、返事を日本語で鄭重に作文しメール送信したのですが、すぐまた返信が来て、その中身は「?・」が多数あり、こちらからのメールは判読できないようでした。元同僚で英語教師だった杉本泰代さんに急いでSOSのメールをして伺うと、それは、日本語で送信するとアメリカのパソコンでは「文字ばけ」に表記されることがあるとのことで、また一つ勉強できました。

それからは英語が必要となりましたが、辞書を片手にとは行かず、拡大鏡がなければ役に立たないのです。ですから、それ以降は、私に届いたエリザベスからのメールを杉本さんに転送して和訳してもらい、それを私のパソコンへ送ってもらう。そして私が返事を書いて杉本さんに送り、英訳して私のパソコンへ送ってもらって、やっとエリザベスに送信するというまことにややこしい、まどろこしいやり取りが続きました。この時は今までもっと英語の勉強をしておけばよかったと本当に悔やんだものです。

一方では、２００７年９月にお逢いしたマークさん、リサさんとの交信も続いていて、それは横浜の日塔久江さんという通訳の方が中継通訳で送信していただく状態でした。そのやり取りの中にも、Ｂ29は住民が鉄砲で撃ち落としたとか、神社にまつられているというような誤解があったようです。もちろんそれは後で訂正し誤解はとけましたが…。

そして２００７年10月に、帰国したリサさんがインターネット上に「日本旅日記」をのせたところ、数ヶ月後ティム・マックグレノンさんという方が、それを見られたことから大きく展開していきました。ティムさんはお父さんのニール・マックグレノンさんから、トーマス（墜落兵士の一人のトーマス・クローク）という親友がいること、そして妹さん（エリザベス）がおられることを聞いていました。ティムさんはエリザベスさんと面識はなかったようですが、電話連絡を入れ、トーマスさんが墜落場所でまつられ供養されていることを伝えたとのことでした。

あきらめきれない心からの出発

このようにして、奇跡とも思えるような細い糸が次々とつながって、２００８年8月のエリザベスからのメールになり、その後の交信がはじまったのです。

考えてみると、時代の波にのまれながらも、必要に迫られワープロやパソコンという機械と格闘し、固い頭を打ち砕きながら、時代の風に吹かれてきました。未だに、本当の恩恵をこうむるような域に至らず苦戦していて、ウサギと亀の競争の亀よりもテンポの遅い状態で、しかも、物忘れが進みイライラから諦めの境地に入りつつあります。でも情報機器とは無縁な状態から、地球の裏側と友好の通信網ができ、見方や考え方を確かめる対象が広がり、少し豊かな心が持てることに感謝できるようになりました。そして、機器に左右されないことはもちろんですが、少しでも新たなことに挑戦しようと、生き方や考え方にも変化が出てきたように思います。そうして広くなった人のつながりの輪を平和の輪に結びつくように呼びかけたいのです。

アメリカのご遺族との交流を目指して、ご遺族を探し始めてちょうど10年余となりました。

もちろん自分の心の傷跡を基本にした行動だったので、アメリカの遺族の心根に寄り添ったと言えるかどうかわかりません。また私の取り組んだ内容は、本当に小さな考えからで、取るに足りないことかもわかりませんが、自分としてはあきらめきれない大事な「心」からの出発でした。

亡くなった兵士に関するエリザベスからの手紙

エリザベスとのメールのやり取りが始まり交流する中で、墜落した兵士に関する情報もいくつか送ってくれました。その中には、エリザベスのお母さんに当時のアメリカ陸軍省などから送られて来た手紙や、トーマスの友人からの手紙なども含まれていましたので、ここに記しておきます。

２０１１年６月13日

ケン様

同封しているのは、私の母が受け取った手紙のいくつかのコピーです。それはB29墜落当時アメリカ政府の様々なメンバーから来た手紙で、遺体の収容の事ややパラシュートで脱出して捕えられた乗員に関する所見が書いているものです。

あなたは、墜落現場で死亡しなかった乗員について関心があると言及していました。

私たちは、あまりたくさんはわかりませんが少し情報を持っています。

11人の乗組員の誰もが戦争で生き残れなかったことはわかっています。

この資料があなたの理解の助けに少しでもなればと願います。

続けてくださっていることに感謝します。あなたのご健康をお祈りします。そしてあなたの国が数か月前に起きた悲惨な出来事から復興し始めていますようにとお祈りします。

あなた方すべてのことをお祈り致します。

敬具

エリザベスからの手書きのメモ

Ralph（ラルフ）はJoe M Spaddenの友人で事が起きたとき、それを目撃した同僚の空軍兵士です。

Joe（ジョー）はパラシュートで脱出した兵士の一人です。

Ralph J Evans―1945年5月20日のDavisからの手紙を見てください
パラシュートで脱出した兵士に関する情報
McSpadden、Sparks、Joly、Flanagan

1945年5月20日
クローク夫人様
あなたは公式経路を通じて、ご子息トーマス・J・クローク少尉02073304が1945年5月5日以来、行方不明になっているという通知を得ていることと存じます。私は心からのお悔やみを申し上げ、あなたの今感じている悲しみはいかほどかとお察し申しあげます。あなたが今回の悲しい出来事の詳細を知ることができないものかと思っておられるということを知り、私が知る限りのことをお伝えします。
クローク少尉は日本の本州の重要な軍事目標を爆撃するために仲間とともに飛び立ちました。彼らはうまく目標地点に到達しました。しかし、爆撃中、攻撃を受け二つのエンジンを失いました。高度は保つことができ、爆弾を落とすことができましたが編隊をはずれました。この編隊の別の飛行機（Ralph・J・Evans中尉が操縦）が編隊をはずれ、攻撃された機の援護に向かいました。この時までに、二つのエンジンはフェザーリングをしており、一つは断続的に火を噴いていました。損傷を受けた機は1万千《フィート》降下し、ほかの飛行機が着く前に、さらに敵の攻撃を受けました。Evans中尉の飛行機はついに敵機を撃つことができました。その敵機は煙をあげました。このとき翼が、フェザーリングしているエンジンの間から壊れ、翼のタンクは炎をあげ始めました。四つのパラシュートが2千《フィート》の地点で適切に開くのが見られました。パラシュートが八つだった可能性があるという報告もあります。飛行機は地上に落ち、爆発するのが見えました。降下したパラシュートは、山に落ちたので地上に到達したかどうかは見えませんでした。パラシュートで降りたのはだれか確認できません。

　トムは価値ある記録を集めました、そしてこれが、この隊が日本本国の心臓部を攻撃するのに大いに役立つものとなりました。彼の任務に対する献身、紳士としてそして戦闘員としての行いは彼を知るものすべての尊敬と信頼をあつめていました。トムのような男たちの功績によって私たちは鼓舞され、戦いの任務をつづけることができ、ミッションを成功させることができたのです。

敬具

空軍2等空佐　Frank L.Davis（フランク・L・デイヴィス）

クローク夫人様

誠に残念ながらご子息のトーマス・ジェームズ・クローク少尉は１９４５年５月５日以来、太平洋地域において任務中に行方不明になっておりましたが、死亡を公式に確認いたしました。

私はクローク少尉の Selman 戦場における優れた功績に注目しております。これは飛行訓練に精励された賜物であることを表すものであります。彼は軍事行動中、常に責任を自覚し困難な任務にも進んで取り組んできました。同僚たちは彼を失ったことは軍にとって大きな損失であると思っており、あなたと悲しみをわかち合うものであります。

ご子息が戦闘中に無私の犠牲を払われたことを誇りにし慰謝されますように！　あなたとご家族に心よりお悔やみ申し上げます。

敬具

空軍指揮官　Carl　Spratz（カール　スプラッツ）

１９４５年7月6日

マックスパーデン夫人様

お手紙を受け取りました。すぐにお便りをしたかったのですが戦時部門の規則で制限されておりました。

私は表現が下手ですのでご満足のいくようには書くことができないと思います。あなたがどれほど私を頼りにされているかをわかっているだけに申しわけないです。

ご存知のように私はJoe（ジョー）を護衛するため引き返しました。彼はひどい状況にいました。編隊の先頭に攻撃をうけました。特にジョーの飛行機に、というのは彼は編隊の中の危険な位置を飛行していましたので。ジョーの飛行機はエンジンを攻撃され燃料タンクが破れました。ガソリンが漏れるので近くのエンジンに火が付くのを避けるために彼はフェザーリングしました。機はすぐに失速し編隊から遅れました。私は先導の機を呼び出し、これを報告しました。私は編隊から出て彼に無線で連絡をとり私の位置を知らせ、彼の位置を知ろうとしましたが、彼の位置を数分間確認できませんでした。私たちがお互いを確認をした時、彼の飛行機は数千高《フィート》度降下していました。そのうち燃料タンクに火がつきました。敵はジョーの飛行機を攻撃しようとしていました。私は敵が彼の機を攻撃させないよう必死にがんばりましたが彼は優勢にたち、私たちがやっつける前に攻撃を敢行しました。

敵機がさらに被害を与えたためそうなったのか否かはわかりませんが、火のついた燃料タンクが爆発しジョーの機の右翼がねじれました。機は地上に向かってきりもみ状態になり始めました。これは彼が機を立て直そうと試み墜落を遅らせた証拠です。

彼の勇気ある努力で何人かの乗組員が生存できたのです。私の砲兵隊員たちはパラシュートが四つ開いたのを見ました。墜落の直前、あといくつかのパラシュートかもしれないものを見ました。機のどの部分から乗組員が脱出し、どの乗組員が逃れたのかは分かりませんでした。私は燃料タンクが爆発する前にジョーと少し話しました。彼の声からすると彼が怪我をしているようではありませんでしたし、ほかの乗組員が撃たれたとも言っていませんでした。ましてや恐怖の様子などありませんでした。彼は賢明に事態に対処し、なしうる最善を尽くしました。私もそのような状況に面したら彼がやりとげたように自分の乗員たちにそのようにできればと思っています。

あなたにお伝えしたことがあなたの助けになったかどうか心配ですが、友が降りるのをいつ耐えて見ていなければならなかったかを言える者はいません。ある人がこう言いました、「ガダルカナルの壕では無神論者はいない」と。信じてください、日本上空のＢ29での無心論者もいないと。私は、あなたとともに、彼とほかの脱出した兵士みんなの帰還と安全を祈っています。私が言えるのはどうか信仰と勇気を失わないでくださいということだけです。

敬具

ラルフ

私にできることがあれば何でもします、遠慮なく申しつけてください。

WAR DEPRTMENT（＊アメリカ政府の旧執行部門　現在の国防総省にあたる）

総務部

ワシントンD.C25

1948年1月29日

クローク夫妻様

以前この部署からお知らせしたあなたのご子息、空軍02073304・トーマス・J・クローク少尉の戦死公報と1946年5月6日までに確定された彼の推定死亡日時に関する悲報にかかわることについてお便りします。

ご子息の死亡に関してこちらの部署でわかったところによるとB29は上山路村、東殿原の1マイル南に墜落したとのことです。4人がパラシュートで安全に降りました（2人は墜落現場の近くに、2人は地域外の山の中に）。最初の2人の尋問に立ち会った農夫は彼らの名前を覚えていました。McSpadden（マックスパデン）とSparks（スパークス）です。彼らは捕らえられ大阪憲兵隊に連れて行かれ、後に日本人によって処刑されました。他の2人、Foley（フォーリィ）とFlanagan（フラナガン）も同様に大阪憲兵隊に連行されました。何人かの死者は墜落現場近くに埋葬されたとのことだが遺体の状況から身元は確認されていません。爆発した飛行機は火がつき、広範囲に破片を散らして山肌の岩場に墜落しました。乗組員の残りがパラシュートで降下したことを示すものはなにもありません。墜落状況及びクローク少尉の生存を示すものがないまま経過した時間からして、彼は日本国、本州、和歌山県、殿原で１９４５年5月5日の任務中戦死し、上記の身元が未確認の遺体の１人が彼であると軍の記録を修正しました。１９４２年3月7日、第77回議会、公法４９０条により修正された公式報告は上記に示された現実的な日付で彼の死亡は発表されることになります。死亡の公式発表は死亡判明に基づいてなされた支払額や決定に影響を与えるものではありません。

ご子息をなくされました悲しみを私も感じるところであります。

敬具

エドワード　F．ウイットセル少将　軍総務

陸軍省（今の国防総省）主計総監室　ワシントンＤ・Ｃ２５

１９４9年1月6日

クローク夫人様

陸軍省はあなたのご子息、故トーマス・クローク少尉の葬られている場所にかんして情報をあなたに提供したいと熱望しています。

非常に残念ながら、あなたの愛息の亡骸は敬意を持って埋葬されましたが彼の戦死の状況か

ら彼の遺体を個人的に確認することは不可能であることをお知らせしなければなりません。

あなたの愛息及びほかの戦友の遺体は、日本国本州横浜にある合衆国横浜墓地にグループとして埋葬されています。

アメリカ墓地登録部門は合衆国市民の死亡者の個々の身元確認につながる手がかりを可能な限りもとめています。しかしながら、さらなる調査がかれらの身元確認を確立するものにならなければ、グループの遺体は軍主計総監が指定する国立墓地に最終的に埋葬するための合衆国へ帰されることになります。

全ての法的近親者には、最終的に国立墓地の埋葬される日時が通知されることになります。

こころより哀悼の意を表すことをお許しください。

ジョンＯハイアット大佐　軍記録師団

陸軍省主計総務室　ワシントンＤ・Ｃ

１９４９年2月28日

トーマス少将　０２７３３０４

グループ埋葬　アメリカ合衆国立墓地

横浜　＃１、日本

ニュージャージー州サウスオレゴン、サミットアベニュー４１６

ヘレン　M．クローク　様

クローク夫人様

軍はあなたのご子息トーマス・クローク少尉についての最新の情報をお伝えしたいと願っています。

彼の遺体は、はじめは、彼と同じ事故で亡くなった他の仲間とともに埋葬されました。その時以来、軍墓地登録部は遺体の身元確認につながりそうなあらゆる手がかりについて調査して参りましたが成功しませんでした。遺体のグループとしての確認のみが可能であると結論づけざるをえません。彼らは現在、日本の合衆国横浜墓地＃１において棺に入れられ本国への送還を待っている状態です。

このグループのすべての遺体は、ミズリー州、セントルイス23番地にあるジェファソン兵舎国立墓地に埋葬するように同時に移送されます。

個別の身元確認ができない遺体（遺骨）を集団で国立墓地に埋葬する計画は、第80議会、公法３６８第３項で改正された所の第79議会、公法３８３の条文に基づく処置です。永久に世話がなされる合衆国の国立墓地への埋葬は、ふさわしく適切なものです。この特別な墓地は、どの遺族も式典に参列するための旅行になり過ぎることがないようにと選定されました。

あなたや他の兵士の親族には最終埋葬式典の日時を、十分な余裕を持って事前にお知らせします（あなたや式典に参加を希望される方々が参加できるように十分事前にお知らせします）。

今後、儀式に関する知らせがあなたにきちんと届くように、住所変更あれば次の所へ連絡してください。

The commanding office,Chicagor Quartermaster Depot᾽ Attention AGRD,1819 West Pershing Road,Chicago9,IIlinois

敬具

Memorial Division

Clone（大佐）QMC

ジョン ハイアット

第5章　エリザベスを訪ねて

1. 小さな願い

私は、小さな願いを持っていました。生きる基本的な願いだと思います。

それは、「家族生活」への憧れでもありました。戦争の時代に生まれ、物心ついた3、4歳ごろから、父親がいないことの不思議さと寂しさを持ったことが始まりです。父親がいないことを不思議に思い、尋ねたら、お前の父親はこの墓だと教えられ、そう信じてお墓参りをしてきました。「戦死」したから仕方ないのだと言い聞かされたのです。

そして成長するごとに納得と諦めが心の中で混ざりながら、耐えることを覚えました。多くの戦争遺族は、本当はあきらめであり、納得などできない痛みを持って生きて来たのだと思います。戦争状態の中、多くの人は家族の戦死を覚悟し、納得して、仕方がないとあきらめたのでしょう。それでも家族の最後の現場を見たいと言う気持ちは持たれていると思います。私の場合は、本当に戦死した場所や状態を確かめることができないことが大きな要因であったと思っています。

今更と言われるかも知れませんが、私は本当に全てをあきらめ忘れ去ることができず、退職後に父の戦死した場所を求めて中国へ行ってきました。軍隊手帳に記録された場所には立てませんでしたが、少し離れた方角から、こんな場所だったのかと思い、砂漠と岩肌の尾根を仰ぎ見て線香を供え、やっと完全にあきらめることができたように思います。その時私は66歳でした。その真相を知ることができなくても、父の最後の場所に立てたことで一つの区切りができたと思います。

そんなことから私は、この地で命を失ったＢ29搭乗員のご遺族や関係者が同じ願い、思いを持たれているだろうと想像したのです。彼らも同じようにこの事実に接することで、やっと死を納得して受け止めることができるのではないかと思いました。そう思うと、その状況を家族に知らせることは、この地に生きている自分に課せられた責任のように思いました。そして悩みながらも、この小さな思いを基本にしてできることをやってみようと63年前のＢ29搭乗員の遺族探しを始めたのでした。

遺族探しの経過

まず自分の体験した墜落事故以降の経過と、その時の状態について見聞きしてきた内容をまとめ残す意味合いで『轟音―Ｂ29墜落の記―』を２００５年４月に発刊しました。

この時点ですでに体験者が高齢化し、記憶そのものが消えつつあることや語り継ぐ内容が昔話風に変りつつあることに気が付き、このままでは忘れ去られるのではないかと不安になりました。日常的に「史実から学ぶこと」の大切さを訴えながら、その史実を見逃してきた責任を感じ、やっと少ない資料や記憶、聞き取りなどを収集したものです。

その小史を出した結果、多くの方々から戦時中の生活体験や現在の考え方、そして激励の言葉を寄せていただき、自分としては予想外の反響に驚きました。また勇気と喜びを与えていただき、先人の歩みをもう一度振り返り、この地域の長い間の取り組みをもとに地域活動をめざそうと考えました。

その一つが、慰霊祭に大勢の方に参加してもらい、慰霊祭の意義をみなさんに知ってもらうことだと思いました。そして、次の世代に継承していくにはどうすればいいか、このことをより多くの人に一緒に考えてもらいたいと、できるだけ地域内外で話題にする努力を始めました。

ここで簡単に時間の経過を追いながら振り返ってみます。


【2006年】

紀伊民報社の報道が反響を呼び、紀南地方の数ヶ所で『轟音』の紹介と慰霊祭の学習会を開催していただきました。そして、どうしたらいいのかわからないまま、先ずアメリカ大使館と大阪領事館へ手紙を出すことにしました。当地の事実関係の報告と小さなお願いとして、11名の墜落兵士のお名前を書き添え、一老人の思いで遺族を探し始めたことと、ご協力ご支援をお願いしたのです。

【２００７年】

慰霊祭で「でんでん広場」（フリーマーケット）を開催したところ、約３００名の方々がご参加下さり、第63回目の慰霊祭は、今までにない規模で実施できました。
＊６月13日
田辺市情報政策課へメールがあり、こちらへ回送していただきました。それはアメリカのトム・ブリトン氏からで、墜落兵士の遺族探しの記事を見られて、サイパン発の空軍機でシリアルナンバーやテールコードナンバーＡ□56、ターゲット呉市ヒロ、４名の捕虜の状況、１名の不明者はフォリー・ハリーであること、フォリーはミネソタのワバシャの出身であることなどを知らせていただきました。
＊９月22日
マークさんとリサさんが日本美術刀剣鍛錬所を訪問、その時に時間をいただき慰霊碑前にて説明し遺族探しの協力を要請しました。その年の慰霊碑の見学者は、団体などもあり１年間で３００人を超えました。

【２００８年】
＊５月５日
盛大な慰霊祭で、各地方紙の記事に紹介されました。この時来られた酒井順神父に遺族探し

の協力を依頼しました。
＊5月23日と9月20日
マークさんの通訳の日塔久江氏さんから情報メールをいただきました。
＊6月11日
再度、酒井神父へ協力要請。
＊8月3日
下柳瀬カトリック教会で墜落事故の説明、グレグ・ホルム神父へEメールアドレスをお知らせしました。
＊8月8日
エリザベスからの初めてメールが届きました。こうしてご遺族との交信が始まり、メール便を待つのが楽しみとなりました。

【2013年】
＊10月6日
初めての出会いが実現しました。

2. 遺族の思いをつなぐ

私は、次の世代への遺産として何を引き渡すべきかを考えてきました。親が子に残すと言えば、一般的には遺産と言われ、その内容はいろいろですが、私の親は、父が戦死し、残された母は苦難な生き様の中で私の命を残してくれました。私は、戦中に生まれ戦後を今日まで生きて来ました。そう考えると譲り受けた「命」を次の世代や次の社会へ伝達することが最もふさわしい遺産である思います。

この「命」を引き継ぐには、戦争のない社会、時代が絶対の必要条件です。そのためには、今生きている戦争体験者は、戦争時代の史実を後世に伝える役割を果たし、同じ過ちを繰り返さないための意識を持って責任を果さなければなりません。

前にも書きましたが、私は、父の終焉地の中国を訪ねて初めて、戦争遺族の「死」対する疑念の思いが拭い去れたことで、B29搭乗員遺族の思いに寄り添える心境になったと思いました。多分この心情は、全ての人間が共有できるに違いないと考え、その気持ちを確認したいと思ったのです。例えお一人でも、死の実態、真実を求めたいと思う心根は同じだろうと思い、生きている間に少しでも安堵の思いを持ってほしいと願って行動し始めました。

そして３年後に一つの結果に至りました、それが２００８年８月８日の、エリザベスからのメールでした。

エリザベスからのメール

古久保様

グレグ神父が私にあなたの住所とEメールをくれました。これがあなたに届いていればと思います。あなたを見つけようとして何週間もインターネットで探していました。あなたがこのメールを受け取ったらできるだけ早くお返事下さることができるよう願っています。

私は1945年5月5日、あなたの土地に墜落したB29乗組員のレーダー担当士官トーマス・クローク（ID 0-2073304）の妹です。

ごく最近になって私たちの家族の友達がインターネット上で、あなたがこの事件を記念する龍神村の慰霊碑の設立に活躍し、地球上の平和のために打ち込んでおられるということをみつけました。この長年―63年もの長さ―に渡って立派な仕事をされて来たことについて心の底から感謝いたします。

その事故がおきた時、私は14歳でした。そしてあなたは小学2年生だったことを知りました。

私の兄はUS政府の公式記録では〝戦闘中行方不明〟としてリストに載っていました。空軍の捜索チームが3年半前に残骸の所在地を確かめ、そこに埋葬されていた人の遺体を移すまで、その記録のままになっていました。私はあなたの土地の人々が乗組員を埋葬し、当日パラシュートで降りた乗組員を運んでくださったことに感謝します。

私は東京に友達がおり、彼女は日本人のメリノール宣教会のシスターです（彼女の詳細については後述）。彼女は最近あなたのＢ29の本―もちろん日本語版ですが―を私に送ってくれました。どこかに英語に訳されたのがありますか。

私は私の地方でだれか翻訳ができる人を探しています。

あなたは他の乗組員の家族のだれかと今まで連絡を取ることができましたか。私の母は１９４５年に彼ら全員の家族に手紙を書きましたが、年月とともに連絡も途絶えそれぞれ住所も変わってしまいました。

昨年慰霊碑を訪れた旅人が乗組員のリストを渡されそれが私に回ってきました。兄の名前は正しくは Croake ですが、Creake と表記されているのに気付きました。また、Joseph F. kiat は正しくは "Joseph F. kisti" です。もしあなたがご希望でしたらＵＳ政府から私の家族に送られてきた乗組員の全リストと彼らの１９４５年当時の住所を送ることが出来ます。

また、彼らが駐屯していたマリアナ諸島、サイパンで撮られた乗組員の写真を送ります。

私はまた、行方不明の乗員の捜索はあなたの土地にキリスト教を紹介することにつながったという報告を聞いたことがあります。

初めてエリザベスより浄財を頂き、お供えをした（2009年）

その話に真実性はあるのでしょうか？ 私は、今はアメリカに戻っているコロンバン宣教師のYoungcamp神父に聞いたらということを言われました。あなたは彼を知っていますか。

私はあなたに慰霊碑の保存のために少しばかり寄付金を送りたいと思っています。それをするにはどうするのが一番良い方法でしょうか。

グレグ神父はあなたの住所を書いてくれました。

Mr. Furukubo, Tonohara 845 banchi Ryujin mura, Tanabe City 645-0413 Japan これは正しいでしょうか。

東京の私の友達がわたしのためにきっとあなたに電話をしてくれると思います。

Sophia Aihara（洗礼名ソフィア・アイハラ）

シスターです。彼女は英語を話すことも書くのも得意ですので、もしあなたに手助けが必要ならあなたから私宛てのＥメールを喜んで訳してくれると思います（以下に彼女のＥメールと、住所、ご自分のメールアドレス）。

あなたから早く返事が来ることをお待ちします。あなたと連絡を取ることができ大変うれしいです。長年平和のためにすばらしい働きをされていることに深く感謝します。

敬具

Elizabeth Croake（杉本泰代訳）

感動と感謝の瞬間でした。

それからは、メールの交換によって戦争遺族の思いを確かめ合い、互いの近況を語り、それぞれの国の様子が話題となりました。そして、初めてのメールから6年を経過の後、２０１３年10月６日、エリザベスとの出会いに至ったのです。その後、エリザベスが亡くなるまで交信は続き、彼女からの最終のメールは「ドキュメンタリー作品」の英語版を見られた感想、訪問前後の情報交流などでした。その間には多くの理解者、支援者がつながりました。

エリザベスとの出会い

エリザベスとツーショット

２０１３年10月6日、それはくしくも私の76歳の誕生日でもありました。彼女の住まいを訪ね、直接顔を合わせて墜落事件の様子を直接お伝えすることができました。私たちは互いに戦争遺族の思いを確認し合い、同時に平和な時代への希望を持ち続ける約束を果たすことができました。彼女に会う前から大変聡明な方と想像していましたが、実際お会いして本当に聡明で、よどみなくお話され、言葉が的確であったことがとても印象的でした。通訳を介していろいろお話する中で、小さな願いが共通であったこと、遺族としての気持は共通だとはっきり確認できました。彼女は「戦争は戦争貴族の行いである」と割り切り、何時までも続くと言いました。しかし、平和への願いは強く、世界のどこにいても、その願いは変らないとも言っていました。

エリザベスの住宅

Elizabeth の家族。前列：Frances,John,
Thomas、後列：Lawrence,Elizabeth
（1940年のクリスマスに）

エリザベスの兄、トーマス・クローク（1944年）

エリザベスの父

エリザベスの母

1歳のころのトーマス・
クローク

その日エリザベスは自分のことについてもいろいろ語ってくれました。

彼女は1931年1月30日生まれで、姉、兄（トーマス）、彼女、弟、妹の5人兄弟だそうで、当時はニューヨークに住まわれていました。17歳で兄トーマスを失い、兄の通っていた大学で化学を学び、化学会社で働いていましたが、その後、メリノール修道院へ入られました。

この時、東京在住の合原節子さん（洗礼名ソフィア・アイハラ）と同期だったそうで、交信は続いていたようです。卒業後、東南アジアで教会関係の指導者を歴任、50代後半にフロリダ州に住むようになったということです。フロリダ州は、日本の国土の20％ほどの広さに約2千万人が住み、台風、地震なども少ないようで、彼女の住むブレーデントンの町は大変住みやすそうな所でした。

2日にわたっての出会いの時間を経て、彼女はやっと心の隙間が埋まったと喜ばれました。私は、そんなふうに彼女の心の隙間を癒すことになったのかと感動を覚え、互いの心の触れ合いを実感しました。彼女は、海の向こうで同じ気持ち、同じ悩み、同じ思いを持ち合っていることを喜ばれ、平和への思いと共に地域の皆さんが本当に長い間、慰霊行為を続けてくれたことへお礼の気持ちを、満身の心を込めて「Thank You」と伝えたいと言いました。そして最後に彼女は、「お互いに平和の大使になりましょう」と言われ握手したのです。帰ってからメールが届き、旅の疲れは出ていないかと気遣ってくれていました。

以下に２０１３年10月6日（アメリカ時刻）の初対面の様子を通訳の杉本泰代さんのメモと、簡単な私の旅のメモで、訪問覚書として書いておきます。

ロサンゼルス空港で（2013年10月5日）

3. 訪問覚書

杉本さんのメモ

＊第１日目（10月５日）笠原姉妹、杉本　打ち合わせ訪問

自己紹介もそこそこにエリザベスが家を案内してくださる。

当日彼女からあった話。

・ここまで来てくれるということを聞いてとても驚いた。

・笠原さんに「なぜこの映画を撮ろうと思ったのか？」との質問。

・前回のＤＶＤはパソコンで見られなかったため、これに詳しい技師である友人に頼んで見られるようにしてもらった。今回はアメリカでも見られるものにしてほしい（技術的に)。またアメリカのメディアに広く放映できるような権利もとってほしい。これがこちらでも多くの人に見られるものにしてほしい(この映画に対する期待の大きさを感じました)。
・兄のトーマスがどうなったのかの情報がわからない3年半はとても苦しかったと涙ながらに話してくださり、思わず涙を誘われました。
・話が核心に入ってくるので明日、健さんと会ってから話しましょうということにして切り上げる。

*第2日目　健先生との対面　バーバラ・ビルさんも同席
(あんなに長い時間の撮影だったのに具体的な内容をあまり思い出せません)
・最初はマーク・クロークさんを親戚だと誤解していた件について釈明。Croakeという姓がたまたまエリザベスさんの姓と同じだったと言及した時、Croakeという姓は確かにアメリカでは珍しい姓でありアイルランド系の姓である言っていました。マークさんが昨年亡くなったと伝えると驚いた様子で、お気の毒にと言っていました。
・墜落時の様子を話した時。"I'm not shocked."(ショックではない)と言っていただき少しほっとしました。飛行機が墜落すればどういうことになるか想像がつくとも。健さんが苦しんでいることについて「あなたは、まだget overしていないのね(乗り越えていない)」とも言っ

インタビューに答えるエリザベス

ていました。まだいろいろ言っていましたが…。

・ビルさんに聞くと前回のＤＶＤはエリザベスさんのパソコンが古かったから見ることができなかったとのこと。技術的な話でちょっとわかりにくかったですが、何度もフォーマットを重ねて見られるようにして確か12枚コピーを作ったと言っていました。ＤＶＤの出力については笠原さんが理解したと思います。

＊第3日目　笠原さんのインタビュー

・ニューヨーク州出身であること。

・12歳までは仲の良い幸せな家庭であった。その後、兄の出征、父の病気など。

子供のころ、私たちもアメリカではドイ

ツや日本は悪者だと教えられていたので、家で兄弟たちと日本のことを悪く言うと母に戒められた。その頃はよく理解できなかったが、でも、母の言葉は、心に残った。

・兄の消息不明の時期は、父親が脳卒中で倒れ介護が必要な時期とも重なり苦しい時期であった。

・トーマスは7歳上の優しい兄であり、大学の時、週末に帰ってきた時も外出の際には一緒に連れて行ってくれた。たぶん、母がそう頼んだのかもしれないが。アイスソーダを買ってもらったりテニスを教えてくれたことなど話してくれる。彼は大学の部活（何というクラブだったかな？）でもリーダーとして学友に慕われていた。

・トーマスがサイパンに派遣されていたことはもちろん知っており、彼からよく便りがあった。しかし、ある時から彼からの便りが途絶え彼についての消息がわからなくなった。郵便配達人が電報を持ってきた日のことは忘れられない。電報は今も保存している。その電報が公的にもたらされた戦死の報だった（日本の映画やドラマでも見た戦死公法を配達してくる場面が思い浮かびました。アメリカも日本も同じだったのだなと）。本当に悲しく家族全員が打ちのめされた。

・トーマスと最後に会ったのはいつかとの質問の答え

彼が帰って来られる日に合わせ家族でクリスマスを早めに祝ったとのこと。

・彼の遺体は、ミズーリ州の Saint Louis の国立墓地に埋葬されている。そこが選ばれたのはトーマスの家族や他の遺族全員が行きやすい場所であったから（地理的な最大公約数的にという意味だと思います）。葬式には母が親友と一緒に参列した。家族を連れていけなかったのは父が看護が必要な状況であったことと父の病気のため経済的に苦しかったから。当時、家族はニュージャージー州に住んでいた。

・その墓地を訪れるかとの質問について。そこに魂があるとは思っていないから行かないとのこと。（ほかにもっと言っていましたがテープをもう一度聞かないとわかりません）。

・エリザベスは大学では化学を専攻しており、卒業後それに関連した仕事を2年間したが、「これが自分が求めていたものではない」「ここが自分のいるべき場所ではない」と思い、メリーノールに入る。その後フィリピンへ行き学校で教える。

・健さんを知るきっかけは？との問いについて。「長くて入り組んだ話になるが」との前置きで話し始める。兄トーマスの親友であったニール・マックグレノンが―彼自身はヨーロッパ戦線から生還し親友トーマスが消息を気にかけており―後に息子のティムにトーマスのことを調べるよう頼む。ティムは趣味として戦争のことを調べていた。（何年か前、訳した彼の手紙で第２次世界大戦中の航空機に興味があり調べていた、とあったような気がしますが…）殿原の刀鍛冶を訪れて来たマークが慰霊祭について書いた記事をインターネットで検索していたティムが見つけてエリザベスに連絡してきた。
・健さんにもらった残骸や石について。
エリザベスは、これはトーマスの relic（遺品、形見）にすると言っていました。
・健さんや龍神村の人々への思い。感謝の念をいっぱい述べられていましたが、テープを聞き直さないと具体的に思い出せません。
・他の遺族との連絡は、当時、母は連絡を取り合っていたが、その後、それぞれ結婚したり、引っ越したりして散り散りになってしまっているので連絡はとれていない。だからこそ、この映画がアメリカのメディアに取り上げられたら他の遺族がわかるかもしれない、と期待されている。
＊何十年も前のことをよく覚えているエリザベスさん。年代もさっと出てくる記憶力、そして何よりもその聡明さ。いっぱい深い言葉を言ってくださいました。長年、戦死した兄のことを思い、苦しんできたことが、健先生のおかげで、いろいろなことがわかり、ひとつひとつのピースが埋まってきたこと、今は、とても平穏な気持ちでいることなど話してくださいました。
"ambassador of peace"「平和の大使になりましょう」と、言っていた言葉が印象的です。

エリザベスさんが長く話して訳しきれなかった箇所の杉本さんの記録

＊墜落時の様子を聞いての感想を求められた時の返事です。

「こういったことのある程度のことは、昔の軍からの連絡とかですでに知っていました。だから驚きません。飛行機が墜落すれば起きることです。ショックではありません。さきほども話したように、私は、もっと若いころだったらショックだったでしょうが、今はもうショックではありません。もはや何もショックになるものはありません。この話を聞いても私は大丈夫です。基本的に大丈夫だと思います。先ほども言ったように私は、戦争と平和、残酷さと優しさといったようなすべての不思議について深く掘り下げて過ごしてきました。理解しようとしてきました。今では物事を流れの中で、大局的に見ることができます。そして私の信仰です。私は死後の命、魂の復活を本当に信じています。だからこの話についてもう恐くはないです。恐ろしい酷いこともそれは表面上のことです。表面上はそうなのです。深く掘り下げて考えてみると、死は終わっているのです。死んだ人にとって死は終わったのです。私たちには終わっていません。こういうふうに何年も何年も苦しむのです。この考えは私を大いに助けてくれます。私は今まで、たくさんの死を、自然な死、不条理な死を見てきました。そして今、私はわかりました。死は悲劇ではないと。死は次の次元への、永遠の命への、ステップなのです。私はそれを本当に信じています。信じているというより、分かっています。だからこそ、それが私の助けになっています。このような、特に自分に親しい人に関する話に対処する大きな助けになっています。

＊トムが入隊した経緯についての説明です。ROTCのことをネットで調べてみましたので記入しておきました。

「1941年、彼が大学生の時、戦争が始まりました。彼は大学のROTC（予備役将校訓練課程）にいました。それは後に志願すれば軍に入隊する大学の課程です。そして、戦争が始まり戦況が激しくなってきたのは大学3年の時で級友のだれもがそうだったように彼は入隊しました。彼はアメリカ陸軍航空隊に入り、B29でやっていたレーダー手になりました。大学では化学エンジニアを勉強していました。大学3年で大学を終え、軍に入ったわけです」

「大学は実質的に閉鎖しなければなりませんでした。学生が去ったからです。ペンシルバニアにあるいい大学でしたが実質的に閉鎖することになったのです。学生はみんな、軍に入りました」

（＊ネットでROTCについて書いていました。参考にしてください＝アメリカにおけるROTCは陸海空軍、および海兵隊の将校を育成するため特定の州立大学、私立大学に設置された教育課程のことであり、当該課程の修了者は陸軍士官学校・海軍兵学校などの卒業生と同様に初級将校に任官する。普通アメリカでROTCといえば陸軍のROTCを指す）。

＊トムの戦死をどう知ったかの質問の答えです。

「いつも届いていた手紙が来なくなり私たちは心配になってきました。彼から手紙が来なくなりまた彼の消息を聞かなくなり何週間かして、正確な日にちは忘れましたが、ある日、玄関に電報がきました。それは、軍部からの電報で彼が日本の上空で撃ち落とされたというものでした。パラシュートを４つ見たこと、８つだったかもしれないがはっきりしないということ、飛行機自体は墜落したのは確かであること、というものでした。そして、それからも連絡が続きました。その時点で彼は公的に戦闘中に行方不明ということになりました。１９４５年の6月ごろです。（＊映像で杉本が１９４８年と言っていますが間違いです。また、８人が行方不明と訳したのも間違いです）」

＊健さんを知ったいきさつについてです。

「とても長くて複雑な話ですが聞きたいですか。要約して言いましょう。兄のトーマスにはニール・マックグレノンという親友がいました。ニールは軍隊にいてパイロットでした。彼はヨーロッパへ派遣されていて無事に帰ってきました。帰って親友のトムが行方不明だと知り、トムに何が起こったのかを調べようとしましたが私たちもまだトムがどうなったかはわかっていませんでした。破片も墓もその他手がかりはまだ見つかっていませんでした。ニールにはティムという息子がいました。当時はまだ若かったです。ティムは趣味として第2次世界大戦に興味をもち調べていました。それで父親のニールはティムにトムに何が起こったのか調べるよう頼みました。そしてティムは偶然インターネットで最近、龍神村を訪れた夫婦の記事を見つけました。その夫婦の夫が刀と刀剣作りに興味があり、龍神で刀を作ってもらうようにしたのです。そしてその時、刀鍛冶が神社のことや慰霊祭のことを話しました。慰霊祭が行われる頃だったのでないかと思います。とにかく、その夫婦は神社とセレモニーへ行きました。その2人はアメリカへ帰ってきてこの体験をインターネットに載せました。どういうふうに、どこへ書いたのか私は知りませんが。

ニールの息子のティムはこの女性と連絡をとり、たくさん質問をしてそれがトムが乗っていたB29のことだとわかったのです。それからさらに彼は調査をして神社や何が起きているかという日本の新聞記事の情報も得ました。ティムは私に連絡をしてきました。今回あなたのために私に電話をしてくれたメリノールのレイジス神父は私の遠縁ですが、彼は日本の新聞記事を英語に訳してくれました。彼は東京に派遣されていますから日本語が話せますから。そして日本の新聞記事にケンの名前があったのです。そこで私が初めてケンの名前を知ったのです。

それで、私は、ケンを見つけ出そうとしてソフィアや考えられる他の人たちに尋ねました。そして、ソフィアがケンの本を見つけました。彼女は、それを読み、コピーを送ってきてくれケンが誰であり、どこに住んでいるか、そして彼のアドレスを知らせてくれました。これが始

エリザベスと隣人のバーバラを囲んで、右から監督、エリザベス、バーバラ、通訳の杉本泰代、奥に古久保夫婦

まりです。私はメールを書き、彼からも書いてきました。こうやって次々とつながっていったのです。兄の親友であったティム・マックグレノンがこの調査を始めたわけです。

彼がこれを見つけた時、私はこの町に引っ越しており、私たち家族は、みんな育った土地にはいなかったので、彼はワシントンの第２次世界大戦記念館へ行き、コンピューターで名簿を調べました。名簿には従軍した人や戦死した人が載っています。とにかく彼はコンピューターで私の名前を見つけたのです。兄の名前を載せておいたのは私だったのです。彼は私に手紙を書いてきて私も書きアドレスや電話番号を知らせました。そして彼はある日、記念日に電話をくれました。私は彼の父は知っていますが彼は知りませんでした。彼はニュージャージーで警察官をしています。それ以来、私たちは良い友達です。彼は今でも飛行機に乗っていた人たちのことをたくさん調べています。彼が私の主な情報源の一人です。彼が私をケンにたどり着かせてくれたのです。とても不思議ですね。一人の人から別の人へ、そしてまた別の人へとつながってきました。」

＊龍神の慰霊祭についての質問の答えです。

「とてもうれしかったです。興奮しました。私にとってその話は実に新しいことでした。墜落以来 shrine があったこと（＊ shrine のイメージが日本人と違うと思います。キリスト教では聖体の遺骨、遺品などをまつる廟とか礼拝堂、祭壇とか。だからエリザベスさんは慰霊碑のことも念頭に入れて言っているのかもしれません）。こういうことが起きていたことは驚きでした。ケンと私は、それぞれ別の道にいましたがこの時、私たちの歴史の中で今、出会ったのです。私は、これを神の摂理のユーモアと呼びます。たくさんの偶然がありましたから。でも私は、偶然は信じません。すべてはグランドデザインの一部なのです。知ったことを分かち合う時だったのです」

＊健さんに会っての感想についてです。

「今、起きていることがまだ信じられない思いです。これが起きたことは驚きですし、うれしいですし、わくわくしています。神の摂理の作用に驚いています。驚いていますし、また楽しいことです。時々、世界のこちら側にいた人と向こう側にいた人が今のように一緒になる幸運があります。偶然のように見えるけどそうではないと私にはわかります。こちらの大きな歴史とあちらの大きな歴史が今やってきたのです。ここへ来てくださってありがとう。これを実現してくださってありがとう。もし、あなたたちが今回の旅行を計画してくれなかったらこれは起こらなかったでしょう。私が日本へ行きたいと願っても行けませんでしたし。私は親戚に、みなさんがここに来ることを電話しました。みんな興奮していました。ゆうべも何人かが電話してきて、彼らもできればここへ会いに来たいと言っていましたし、どうなっているか尋ねていました。みんなこの映画が広く配給されるのを期待しています。私の姪は、昨夜電話してきて言っていました。このＤＶＤは注目に値するものだし、興味を引くものだから、配給がうまくいったらみんな見たいと思うだろうし、数年前まで私が知らなかったように、他の家族もそうだろうから、これを見れば現れる家族がいるかもしれないと。私が数年前まで知っていたことは、墜落があったこと、村の人が死体を埋めたこと、3年半後に軍が遺体を、個人の特定はできなかったのでセントルイスに移したことだけでした。他の家族もそうだと思います。たぶんこれが何かの始まりになるでしょう。少なくとも何らかのなぐさめや情報を得ることになると思います」

＊殿原の人へのメッセージです。

「この行事に参加してくれている人、長年にわたり神社を守り、追悼をしてくれた人、この大切な行事を大切にものにしてくださったすべての人にありがとうを言いたいです。私が主に言いたいことは、ありがとうです。また、この世界で人間同士の平和を願う人々のためにも、これは意味の大きい行動ですからこれがもっと広がることを願います。物事を良くするために、そしてこれが意味することの理解を単に表面上でなく深くて大切な精神的なレベルで深めたいと思って、同じ心、同じ感情、同じ使命をもった人々が、海を隔てた両岸にいることを知ってほしいと思います。人々がこのプロジェクトでつながり、それを知り、ともに平和の大使になることを願います。そうなれば私はうれしいです」

健のメモ

＊10月４日（金）晴

当日、午前10時白浜空港で通訳の杉本氏と落ち合う。12時45分白浜空港発。乱気流でベルトは常時装着で機外は何も見えなかった。遅い昼食を羽田で済ませ、浜松町へ移動し長旅に備えて入浴する。空港で夕食、フロアーで３人の荷物を広げて賑やかに荷造り。

第１日目の21時30分、初めて今回訪米のメンバーが面会。メンバーは、私と妻久代、通訳をお願いした杉本泰代さん、監督の笠原さん、そして監督の妹さんの悠未さんが助手に加わって、合計５名である。揃って手続きを済ませ、羽田空港国際線に搭乗、離陸０時36分。デルタ航空の快適な飛行に身を委ねロサンゼルスを目指す。機中では深夜の雲の中を進む。出る機内食は全ていただき、加えてスコッチの小瓶２本も。それで頑張って眠ることに集中する。

19時08分、ロサンゼルス着、乗り換え時間４時間を要する。朝飯か、夕食か、サンドイッチとコーヒーで食事。ビッグな紙カップでコーヒーは２人で飲んでも余る。何もかもビッグだったが、そんな大きさは序の口だ。あの体格の大きさ、お尻の巨大さに圧倒され続ける。しかも同じ乗車賃だったのだ。アメリカ全土は、当時、医療保険制度で大統領府と上下両院の対立で財政決済ができない異常事態。入管手続きも時間がかかり45分も費やした。23時55分ロス発、７時８分アトランタ着。11時41分アトランタ発。機体はかなり小さくなる。

12時58分、やっとサラソータ空港へ到着する。周囲は半袖、われは薄手のジャンパー。アメリカ、フロリダ州、サラソータのホテル「ハイアットプレスサラソタ」へチェックインは13時10分。エリザベスとの面談への第一歩が始まった。

３部屋に分かれ休息後、撮影隊は、エリザベス宅へ事前の打ち合わせへ。私たち夫婦は自室で休息。30時間の長旅が少し老体に影響があるが、やっとアメリカまで来た感動に浸り、少し安心して眠る。

一方私は、やはり疲れたのか時差ボケか熟睡。夜7時過ぎ笠原さんのノックに起こされ、眼覚める。当初（2010年12月）以降、映像化を進めた芸大生のスタッフ全員から誕生日に寄せて、メッセージの色紙を手渡され感動と感謝。それに先日の慰霊祭へ参加された堺市の方から預かったと、旅行中の安全祈願のお守りもいただく。これにも感激。

こうして1日目の夜を迎えた。どうやら時差13時間か？

＊10月6日（日）　朝、小雨（スコールか？）、のち晴
早朝、家内と約1時間周辺を散歩する。実に静かな街並み、住宅の木陰からリスも散策中であった。ホテルのプールには人影も。現地7時からバイキング朝食だ。ブレッド、アップルジュース、コーヒーと盛りだくさんのフルーツで満腹。

そして、ホテルの部屋で1回目のインタビューと撮影について、「いよいよ会える心境は？」と聞かれる。10時過ぎ、ホテルの車で食事へ。早めの昼食となるが1人分のパスタを2人で挑戦したが、少し残す。迎えに来たホテルの車で帰り、着替えてタクシーでエリザベス宅へ。

いよいよエリザベスに会える。5年余りの交流の内容を少し覚えていたが、その瞬間は頭が真っ白な状態だ。ご本人にお会いできる幸せ、心震える思いと一方ではこれで良いのだろうかと、

期待と不安を持ち玄関のベルを押した。

これが平和のチャイムか？　瞬間、落ち着きが戻る。この時間が持てたことに感謝した。偶然であったが、アメリカでの10月６日で76歳の誕生日の出来事となった。「日米友好誕生会」と思った。

私は初訪問。応接間に通され、まず素晴らしい住環境に圧倒された。そして、その住人が聡明で、やさしく接していただき、杉本さんとの打ち合わせもなんのその、言いたいことを伝えたくて順不同の状態だった。ごめんなさい。

最初は、前作の中のマークさんについての誤解をお詫びした。

墜落時の様子をお話しした時、私は一番言いにくい内容だったが、大丈夫とのことだったので、墜落直後やその後の遺体の様子を見た範囲、覚えている範囲でお伝えした。彼女は気丈に応えてくださった。表情は厳しく、無理に伝えなくてもと思ったが、自分ではこの内容を伝えることが大事だと思ってきたので、見たまま、あった事実を話した。

今回のドキュメンタリー作品に必要であった現場の状態の写真と、その場で拾った残骸の一部を手渡したところ、「遺品である。やっと心の中のピースがはまったと」も言っておられた。墜落現場の山椿の押し花、椿の葉っぱと周辺写真類、そして千羽鶴を説明しながら渡す。これは日本では平和の象徴であることや、地域の皆さんで協力して折ってくれたことを折り紙を見せながら伝えた。日本の文化の紹介をと、折り紙、扇子、風呂敷、金平糖、せんべい、飴玉を紹介し、それに龍神土産に美人湯石鹸をプレゼント。こうして初対面の3時間近くの時間を過ごした。

この日は私の76歳の誕生日だったが、誰もパーティーにお誘いがなく、自分で誕生祝を申し出て、メンバーを無理に「焼肉と寿司」店に誘う。久しぶりのご飯に生き返る。日本酒2本も飲んだ。そして1歳お爺になってホテルへ帰る。

＊10月7日

2日目は、午後1時訪問。大部分は彼女エリザベスの生い立ちと生活についてのお話を聞かせていただいた。2時間余りお話を伺いお別れとなる。昨日と今日の約6時間の出会いではあったが、何故か旧知の友達のような思いを持ち、また会えるような感覚になった。これからはメール交換を気楽にできることを楽しみにして、お互い長生きしましょうと約束してお別れした。

＊10月8日

朝、ホテルを出発、サラソータ空港を8時過ぎ離陸、アトランタへ。正午前アトランタ発、満席の窮屈さを耐え忍び、9日の夕方、成田空港へ着陸。メンバーの解散式を行い、笠原姉妹はそれぞれ帰途に。あとの３人は成田のホテル泊となる。懐かしい和食と焼酎で夕食。

＊10月10日

早朝、杉本氏は先発、白浜へご帰還。私たち夫婦は、成田発のリムジンバスで東京都武蔵野市吉祥寺のメリノール女子修道院に合原節子氏を訪ねた。約50分懇談し、今までのお礼とエリザベスの様子をお伝えした。

同日夜、９時半自宅に無事帰る。お粥さんを食べ生きていることに感謝。

こうして念願の訪米、エリザベスとの対面を果たすことができました。

11月になって、エリザベスからメールが届き「疲れていませんか、遠くまでありがとう」と気遣ってくれました。彼女は、翌年も慰霊祭へ寄付金を送ってくれました。そして、２０１４年5月5日の第70回慰霊祭を迎え、その様子は、朝日新聞のデジタル版に載り、私の便りと前後して彼女に届きました。

彼女は２０１４年1月に満83歳を迎えられましたが、残念ながら約３ヶ月後の5月20日に昇天されました。私が遺族を探し始めて６年余りの年月の中で、本当に奇跡とも思えるような人と人とのつながりが広がり、小さな点が線になり網になり、この刹那の出会いを生んだのです。

感謝と言う言葉しかしかありません。

エリザベスの死

この連絡は、2014年6月19日付けで、エリザベスの姪御のローラさんからメールで知らせて頂きました。

健さんはじめ日本の皆さんこんにちは。

とても悲しいお知らせです。私の叔母エリザベス・クロークは、ほんの少しの間病んだだけで、5月20日に亡くなりました。彼女が逝ってしまったことは、私や家族にとってとてもつらいことです。彼女は、とても特別な人だったのです。

私が今、彼女にかかわる物事の責任者になっています。彼女が最後に私に指示してくれたことの一つは、あなたが平和のためにやってきてくれたことを知り、どれほどあなた方に感謝してきたかを伝えて欲しいということでした。

あなた方を知ったことは彼女の生涯の中で大きな喜びの一つでした。彼女は自分の不動産に幾らか基金を残しましたので、今後も年々の寄付は続けられます。

彼女は出来る限りの支援を、確実にあなたの活動にさせてほしいと思っていました。

私たち全家族は、ここ何年かとても興奮してきました。エリザベスが私たちに慰霊碑やあなたの活動について話してくれたからです。私たちは完成したらドキュメンタリー映画をぜひ見たいと思っています。

慰霊碑の活動についても引き続き知りたいと願っています。私たちは、私たちの伯父トーマス・クロークをずっと追悼してきました。私たちの多くは、生きている間の彼のことは知りませんでしたが、エリザベスの家族とは私を通じてこれからも連絡を取ってください。私たちは、全員あなた方やあなたの活動にかかわっていきたいと願っています。

叔父を追悼して下さっていること、そして、特に平和への願いについて、本当にありがとうございます。そしてエリザベスの良き友であってくれたことに感謝します。こんな悲しいお知らせをしなければならないことは残念です。

あなたの活動が続き、あなたからお便りがあることをお待ちしています。

Laura Chudd (niece of Elizabeth croake)

（杉本泰代訳）

今、エリザベスとの絆は切れましたが、彼女の名前をつけて植えた５本の桜の木は、２０１５年の４月、慰霊碑の傍で小さな蕾をつけ花開きました。"Croake Cherry"（クロークさんの桜）として、これからも彼女の平和への願いを私たちに伝えてくれることと思います。また、慰霊碑の両側の石燈籠には、毎年慰霊祭の日に灯りがともり、兵士の魂を慰めてくれることでしょう。私は、このことを次の世代の人々に語り継いでもらいたいと心から念じています。

レイジス神父のこと

この訃報の後、ドキュメンタリー作品の完成に向け２０１４年11月15日、細部打ち合わせのため上京、四谷のメリノール宣教会を訪ね、レイジス神父にお会いし、ご支援のお礼と今後のご指導をお願いしました。

同神父の母親ヘレンさんの弟であるエドワード・フランさんのお嫁さんが、エリザベスの姉であるフランシスさんでした。つまりレイジス神父の叔父さんのお嫁さん（姻族の叔母さん）はエリザベスのお姉さんだったのです。その関係がもっと早くからわかっていたら、と思いましたが、時間の流れは止められません。アメリカ訪問のことや、エリザベスとの関係をレイジスさんにお伝えし、同時に慰霊碑や慰霊祭の紹介をさせていただきました。

その日はまた、残された時間で、江東区にある「東京大空襲戦災資料センター」を訪問。ここでも悲しい戦禍について改めて認識したものです。

杉本泰代さんへの感謝

杉本泰代さんには訪米の７日間に及ぶ通訳は申すに及ばず、２００７年に遺族探しの行動を起してからはすべてのメール交信の翻訳（和訳と英訳）に関わっていただきました。また訪米前には、ちょうどフロリダから田辺市に英語の教師として来ていた方との面接にもご一緒していただいたり、アメリカから帰ってからは、映画の中身の翻訳など、その作業量は膨大で、それに費やした時間は限りなく彼女の時間を奪い、楽しみや予定に影響し体力にも影響を及ぼしたであろうことを、改めてここでお詫びするとともに、心から感謝いたします。お陰様で難局を乗り越え、後世へ伝えられる内容の一つがまとめられたと思っています。本当にありがとうございました。

日にち	時間	場所	人員
	～17：00頃	残骸のプレゼントを撮影したあとは交流の時間	全員
	18：00頃	夕食。エリザベスさんも一緒に行けないか？	同
	20：00頃	ホテルへ戻る	同
	就寝	翌日の打ち合わせ後は就寝	同
10月7日	7:00	朝食	同
		この日は終日観光を考えています。 エリザベスさんも誘い、思い出作りに みんなで楽しい時間を過ごしましょう。 移動に関しては、タクシー、バス等	同
	19：00頃	ホテルに帰宅	同
	就寝	早めにお休みください	同
10月8日	5:00	朝食？やっていない場合は空港で	同
	6:00	ロビーに荷物をまとめて集合	同
	6:20	タクシーにてサラソタ空港へ	同
	8:20	サラソタ空港出発	同
	9:56	アトランタ空港到着	同
	13:15	アトランタ空港出発	同
10月9日	16:20	成田空港到着	同
		日本へおかえりなさい。	
		※栄・悠は新宿へ使用機材の返却。	
		健さん・久代さん、杉本さんは成田宿泊	
10月10日		羽田空港より白浜空港へ	健・久代・杉本
		お疲れ様でした。	

※日付と時間は旅行者目線で表示しています。

アメリカ・エリザベスツアー日程（予定）

日にち	時間	場所	人員
10月4日	13:55	健さん、久代さん、杉本さん羽田到着	健・久代・杉本
	21:00	羽田空港国際線ターミナル集合	全員
10月5日	0:35	羽田出発	同
10月4日	19:05	ロサンゼルス到着	同
	23:55	ロサンゼルス出発	同
10月5日	7:08	アトランタ空港到着	同
	11:41	アトランタ出発	同
	13:06	サラソタ空港到着	同
		荷物を拾ってから、タクシーでハイアットパレスホテルへ	同
		ホテルにチェックイン	同
	15:00	タクシーでエリザベスさんの家へ訪問 企画の趣旨を説明する	栄・杉本・悠
		健さん、久代さんは自由行動	健・久代
	18：00頃	夕食	全員
		翌日の打ち合わせ	同
	就寝	早めに移動の疲れをとる	各自
10月6日	7:00	ホテル朝食	全員
		午前中は自由行動の予定	各自
	11：30頃	昼食	全員
	12：30頃	タクシーに乗ってエリザベス家へ行くか エリザベスさんをホテルに呼ぶ準備	同
	13：00頃	エリザベス家到着 もしくは、エリザベスホテル到着	同
	～14：00頃	対面のシーンを撮影 その後は自己紹介、あいさつ等	
	同		
	～15：00頃	エリザベスさんインタビュー撮影	栄・杉本・悠

第6章　映像で残す未来への伝言

1．史実の継承をめざして

2人の訪問者

２００９年4月、殿原小学校が１１１年の歴史を閉じました。明治の開校以来、殿原区民の希望と文化の象徴であった学校がなくなったのです。この歴史の節目をどう迎えるべきか、地域の住民にとっては新たな地域課題に取り組まざるを得ない状態を迎えました。

私は、１年前から新たな統合学校への地域要望を検討する委員でありましたので、統合実施までには、廃校に当たっての課題や廃校後の地域課題を考える機会を与えていただいた関係で、地域内に検討会を組織し、多少の関連の諸手続きは円滑に進められました。

その一つは、廃校施設の再利用でありました。廃校式の翌日には、跡施設の委託管理を申し入れ、住民の諸活動の拠点として新たな活用が始まりました。

この跡施設の利用がそれからの活動の中心的役割を果たすことになりますが、そんなことを予想する余裕などなく、施設の有効利用と住民の自主活動を期待して、5年間の委託契約が、すでに7年を経過しています。

廃校2年目の２０１０年5月13日（木）午後1時前に、「ささやか館」（旧小学校の呼称）へ、お二人のツーリング客が突然訪ねて来られました。

　この出会いは、実に瞬間的な巡り合わせでありました。有田郡清水町と湯浅町の同年輩の旧好青年の風貌を漂わせた方々で、過去に龍神を訪れたことがあるというお話でした。私と会う前に地域の数人の女性にB29慰霊碑の説明を聞かせて貰ったとのことで、ささやか館に案内されて来られたのでした。

　私は、展示用のB29の破片をお見せし、興味を持たれている様子でしたので、手短に墜落事件の経過と部品の説明をさせていただきました。その後、熱心な質問があり、完全にお二人のペースに引き込まれた状態となりました。

　そして、その墜落した場所まで案内してほしいと言われ、午後1時過ぎから墜落現場に向かうこととなりました。今にして思えばこの機会が、その後のB29関係の新たな取り組みに大きな影響を与える結果となりました。

　お二人の、ジーパンに半長靴姿と年齢に似合わぬ気迫に圧倒され、西ノ谷の墜落現場へ案内しました。増水で荒れた谷間、蔓の中、山崩れの谷口から谷水を飛び越え、河原や作業道、獣道、途中では間伐材や倒木の間をぬい、蜘蛛の巣を突き進んで25分で現場に到着、少し息切れはありましたが、お二人は見事な足取りでした。そして納得いただけるまで、当時の様子をお話しました。3時過ぎに「ささやか館」まで帰り、来年は慰霊祭にぜひ来たいと言い残して帰られました。しばらくして、その内のお一人である清水町の栩原和弘氏より連絡があり、拙著『轟音』

前列右から小林佐智子、原一男、坂東麻衣、笠原栄理、栩原和弘の各氏

を送ってほしいとのご依頼で、残部の1冊を6月8日発送しました。

この数時間の出会いが、B29墜落史実を映像化へと導く原点となりました。同時に私にとっては、新たな史実の伝達手段を示唆していただき、その後多くの方々とつながり、理解者と支援者を得る結果となりました。

大阪芸術大学の学生たちとの出会い

一方、栩原氏は、関西地方の映像学科のある大学や専門学校に『轟音』映像化の紹介と要請を働きかけられました。

その影響がすぐ現れたのか、2010年夏から、いくつかの専門学校の学生の訪問を受けましたが、私の手持ちの資料と取り組み経過を一方的、利己的に求められたこともあり、積極的に協力することはできませんでした。その後、栩原氏から、大阪芸術大学映像学科の担当教授の原一男氏と小林佐智子氏の紹介があり、一度お会いすることになりました。

同年10月、お二方が当地まで訪ねて来られ、映像学科学生の卒業作品として、『轟音』を主題にしたドキュメンタリー映画を制作したいというお話で、ぜひ協力してほしいとのことでした。この要請を受けた私は、自分が及ぶ限り協力する決意と作品内容への希望を述べて学生たちを受け入れることとなりました。

こうして、２０１０年12月、大阪芸術大学映像学科の3年生チームによる卒業作品として、拙著『轟音』の内容を中心とした「ドキュメンタリー映画」作りの活動が始まったのです。

そして２０１２年2月、卒業作品の『轟音―龍神村物語―』が完成しました。通算で約30余日、１１０時間の撮影を85分に編集され、卒業記念作品が完成、一般公開されました。

その後、特に完成直後の２０１２年の慰霊祭後、多くの方々から真摯なご批判とご支援をいただけたことが契機となり、作品の再編集への教訓と勇気を与えられました。

当然、再編に至るには、多くの課題があり、関係者の間の紆余曲折を経ていますが、すでに卒業された当時のメンバーの意欲が基本であります。私は詳しい内実はわかりませんが、それぞれが、自主的な役割を果された努力の結果であろうと思います。

作品に対するご批評とご意見を素直に受け止め、すでに卒業された当時のメンバーの決意が実を結び、２０１５年3月に一つの作品として発表に至りました。

時あたかも戦後70年という節目の年であり、全国的に過去を問い直す素材の一つとして、取り上げられ、5月以降各地で上映会を開催、２０１５年秋には「田辺・弁慶映画祭」の応援作品にも選ばれ上映されました。

史実を明らかにし残す

こうした5年余もの取り組みは、私自身の人生に大きな喜びと生きがいを与えていただくとともに、新たにつながった方々からも激励をいただいています。また、それぞれの場面で多くのことを学ばせてもらいました。

その一つは史実を明らかにすることの大切さについてです。あった事実を正確に理解すること、不明なことは不明だとし、予測や臆測で考えないことが大切だと思いました。また、同じ場面を体験した人でも記憶や印象は人によってかなり違うということ、また自分は体験で知っていると自信を持っていることでも、それを確認する時間が必要だとも思いました。

そして、史実を大事にし、そこから学ぶことができるのは人間の特権であり、幸せなことだということにも気づきました。

そしてまた、学んだ内容を次に伝え、残す努力が必要だと再認識し、記録を残すということは、言葉で語り伝えることや文字にして残すことだけではなく、映像に残すことでさらに広く多くの人たちに訴えられるものがあると実感できました。

今までこの地域に生まれ、育てられて生活してきましたが、自分は地域の生活内容を十分理解していないということについても改めて感じ、考えさせられたことも多くありました。

私の戦中生活体験を第3章で述べましたが、案外知っているようで、知らない史実の多さに愕然とし、努力を少しすれば、先人に学ぶ機会がたくさんあったのにと、自ら一つでも学び取る努力が必要だと教えられたのです。

私は今回、１９４５年に殿原で起きた「B29墜落」という史実を映像という記録に残すことの一端に関われたことに感謝しています。

2. 映像化の計画と活動

これまで私は、地域の若者たちと一緒に、各種の地域の行事に参加してきました。その中では、関わることの楽しさと共に、なんとか地域を盛りあげ、住みやすい、住んでよかったと思える地域づくりをしたいと思い続けてきました。

B29の慰霊祭についても、継続していくための方法を時々議論してきましたが、具体化することも無く、例年通りに進められてきていました。

県道沿線に慰霊碑が移動した後、時々、故古久保満瑠子さんが慰霊祭後に、手作りのちらし寿司を参拝者に振舞われ、私もよくいただきました。

彼女が退職後は、「古健さん、わしゃぁみんなに食べて欲しさか、作んねけど、かまんのうら」と問い掛けられたこともあり、彼女のちらし寿司は毎年の定番になっていました。

２００４年、そんな慰霊祭後の懇談が楽しみとなり、大応寺住職のご意向を伺いながら、慰霊祭後に何等かの行事を1時間程度入れる計画を始めました。

そして、２００５年の慰霊祭の後に区民センターで参加者の昼食会を開催、もちろん、メインは、ちらし寿司でした。十数人の青年たちと共に懇談するうちに、墜落現場へ遠足をという話がまとまり、日時を決定しましたが、計画日が大雨で中止となり、翌年秋に実現することになります。そして、1年後は遺族探しの初年度であり、私は彼らに多くのエネルギーをいただき目標を持って情報収集に取り組み始めた時期でした。

その後、２００６年に「でんでん広場」を始めました。２００８年には、少し欲を出して式典後にトランペットのソロ演奏を龍神村東在住の演奏者、唐口一之氏に依頼し、数曲演奏していただきました。式典後の新たな取り組みとして実施し、一流の演奏者の演奏にさすがに感銘しましたが、何せ私たちは初めての生のトランペット演奏で、特にご無理を申し上げ、最後の

2曲は「ふるさと」と「赤トンボ」をお願いした記憶があります。出演料は、お餅とおにぎりで申し訳ありませんでした。

そして2008年8月3日、グレグ神父の取り計らいにより、柳瀬カトリック教会で『轟音』の記録の説明機会を与えていただき、私のメールアドレスがグレグ神父からレイジス神父に届き、8月8日のエリザベスとの交信につながっていくのです。

私は、その年（2008年）の8月22日、故・榎本行一（義父）の新盆が終わった後、新宮市池田の中津貴代さんという方をお訪ねしました。その目的は、中津さんがB29の慰霊祭や関連の記事を新聞で見られ、ご自分の家に、お父様の持たれていたB29の羅針盤・PIONEER COMPASSが今も保存されているというご連絡をいただいていて、一度見せてもらい、写真に撮り残そうと思ったからです。

お伺いした時には、すでに中津さんのお父さんは亡くなられていましたが、お話では、お父さんが戦時中兵庫県の工場で働いていて空襲を何回か経験され、その空襲の時、墜落したB29の部品を拾って、それを大事に持たれていたとのお話でした。お父さんは終戦後にアメリカを訪問された時に、この部品を持って行ってワシントン資料館へ「お返し」する計画でしたが、決断できずに再度持ち帰られたのだそうで、私が初めて目にしたコンパスでした。

中津さんを訪ねた後、新宮の教会へお伺いする予定でしたが、グレグ神父は不在だと聞き、翌23日朝早くから串本カトリック教会をお訪ねしグレグ神父にお会いしました。8月3日のお礼を申し述べ、その後の8月8日のエリザベスからのメール受信の報告と、併せて今後のご指導とご支援をお願いしました。大変きれいな日本語で親しくお話して下さり、いくつかのご指導をいただいたことが今につながったと思い感謝しています。その後に急逝の報があり、これから親しくと思っていましたのに残念な気持ちでいっぱいです。

そんな前段があったことで、その後の映像化の内容がより深められたのだと思っています。

２００８年8月に遺族との交信が始まり、翌年の２００９年慰霊祭は遺族からの浄財で献花を添えましたが、一瞬の華やかさよりも、末永く慰霊を重ねる思いを受け継ぐ意味で、残金で桜の木の植樹を加えました。「クローク桜」の始まりです。

具体的な映像化の活動

先に述べました大阪芸術大学との協議日程が２０１０年10月24日（日）に確定しました。10月21日にお電話をいただき、今回の計画の具体化について初めて協議する場を「ささやか館」としました。

当日は、大阪芸大の原教授と小林教授が来られて、基本的な作品作りの意義と目的について協議し、確認し合いました。作品全体は大戦の時代の国民の暮らしを掘り起こしながら、史実に迫ることを目指しました。

私の気持としては、地元住民の生の声とその生き様を引き出し、地元の意向を反映させてほしいこと、また次世代への伝言となるよう、平和へのメッセージ性を意識し、伝える内容にしてほしいこと、そして必ず完成させて、無駄にしないで住民に披露してほしいことなどを伝えました。そのためには支援はもちろん、協力の要請は真剣に受け止めて対応してきたつもりです。

・現地施設の利用と協力者の選出は地元で対応する
・制作、編集は学生が行う
・地域施設の利用協力、連絡網の確認
・この制作、編集にかかる経費は大学及び学生の負担とする
・地元の窓口は古久保健担当

以上を確認し、最後にアドレス交換をして第１回目が終わりました。

なお、撮影活動中にお二人の指導担当教授は必ず現地を訪問して下さいと、強くお願いしたことが印象に残っています。

10月28日と11月２日　小林教授より、先日の確認と撮影日程を学生から送るとのこと、栩原

氏との交流、その他連絡事項をＥメールでいただきました。

また、学生代表からの自己紹介とご本人の決意、制作チームの顔見せの日程調整の連絡を受けました。

3. 映画『轟音』の撮影現場から

２０１０年12月２日（木）、芸大の笠原栄理監督以下一行７名が初訪問、ささやか館で12時30分から初会議が開かれ、いよいよ具体化のスタートを迎えました。何分初めての取り組みであり、73歳の体力と能力に不安があったのは事実です。特に学生たちの人生の一つの区切りとも言える卒業作品の制作であり、学生は、知力・体力・集中力満杯、情報化の最先端の中に生きています。私は未経験の分野でしたから不安いっぱいで、途中でダウンは禁物、そのことが一番の重圧でした。しかも、言葉は日本語ですが、生粋の龍神弁、それも殿原ことば、彼らに多分わ

監督の笠原栄理さん

撮影風景（2011年5月）

からないであろうと思いながら述べ続けました。

私は、退職後10年余、その間に京大、和大、帝塚山大等の大学生のお世話をしたことがありますが、それは、地域の方々が若者との交流により、少しでも関心を持っていただければ元気が出るのではと考えてのことでした。

学生たちの意気を感じて

そういう経験からこれも一つの挑戦と考え、期待を持って、この機会に日ごろ抱いている平和への思いを積み重ねる努力をしてみたいと思いました。

自己紹介後、全員の紹介を受け、これから先の心配、不安な内容も確認しました。「卒業作品」という命題を持っての行動ですから、作品完成に責任を感じ、少し身構えたのも事実です。しかし、一つひとつ意見交換する中で、真面目に受け答えされ、目標を持っている学生さんたちであることがこちらにも伝わってきました。彼らは十分意見を聞く姿勢があり、意見を求めると真剣に自分の意見を述べられるので安心し、その姿勢を基礎にして具体的に一緒にやれそうだと感じました。少しの不安は、自分が最後までやれるのかということでありました。彼らは、すぐにでも墜落現場を訪ねたいとのことで、作品への意気を感じたものです。

この日を境に、私の壊れかけたパソコンにはＥメールが頻繁に届くようになりました。必要に迫られる中、毎日の確認のためにこの日からまた新たなパソコン学習が始まるのです。日程と行動計画の具体化と共に、地元の方々との支援体制を整えながら、事前の情報交流が一層不可欠となりました。

また、日常生活では、毎日撮影計画に合わせた事前準備が必要だと気付き、特に天候の心配、会場使用日の調整、自分の会議、地域行事等、少し荷物が重たい状態でした。

また、個人的に所属している幾つかの団体の会議なども毎月のようにあったので、それもこなさなければならず、時には会議の途中で退席を余儀なくされることもありました。計画に追われる状態ではありましたが、思案よりは、先ず行動に当たりながら、やる気があれば少々の無理は出来るものだと、ある時は開き直り楽しく過ごした時もありました。後は事故がないことを願い、楽しむほかないと自分に言い聞かせたりしたものです。受け入れ態勢の諸準備だけでも大変で、特に地域の方々への心配りを大事にしながら収録活動に入りました。

あくまでも実施するのは学生の皆さんですので、自己の役割を忘れずにしなければと思って、とにかく学生の企画書を理解することから始めました。そして、地域の方々に証言者として協力していただくことについてお願いに行きました。

幅広い証言を撮影

内容がＢ29墜落についてということなので、当時の戦争の臭いを体験した人が中心となります。１９４６年（昭和21）の殿原地区の世帯別人口調査と殿原小学校卒業者名を小学校の百年誌や閉校記念誌で確認し、その中の名簿にある方で、しかも殿原で生活されている方全員を数え、一応は全ての方々を対象者して、年代幅を各学年別にすることで幅広い証言がいただけると考えました。

１９４５年度の小学校在籍者名簿の中で、現在殿原に住んでいる方は45名おられましたが、その中には、戦時中で地元を離れていて当時の状況の体験はないという方もいるのです。それで、当時の小学1年生から高等科１年生の方で、現在も殿原で生活されている方を学年別でお願いしました。この方々は当時のことを知る貴重な証言者です。

予想外に少ない人数に、戦後70年という長い時の流れを感じながらの作業でした。作品作りの責任者である監督の笠原さんと、私の名前で要請文を書き、協力者の方々の意志と在宅時間を確認してお伺いし、直接要請文をお渡ししながら一人ひとりに協力要請を重ねました。皆さんには、地域のためになればと快く受け止めていただき、激励を受けました。

また、学生の宿舎として区民センターをお借りすることになり、大勢の方々から物心両面にわたりご協力とご支援、手助けをしていただきました。地域の皆さんはこの事業の推進と完成に向けて、殿原でなければできない、見えない部分の雰囲気と行動力で受け入れの条件をととのえてくださり、完成を後押ししていただきましたこと、本当にありがたく感謝しています。

以下、作品制作の経過を私のメモから思い返してみました。

第1回収録　3泊4日　6名（男子3、女子3）

▽12月15日～18日まで3泊4日の撮影が始まる

区民センターを借り上げ、ベースキャンプとする。センターの清掃と諸準備。拭き掃除や備品調達など通りがかりの方々がお手伝いをしてくれ、制作に集中できる環境と条件整備をしていただいた。一応、炊事場はあるが、宿泊となれば寝袋持参で、寒い季節なので毛布や電気アンカを用意する。炬燵や掛布団などをお隣からお借りすることになった。食料は、持ち込み。車は2台。センターに風呂はないので、基本的に龍神温泉かヤマセミ温泉とする。しかし、経費節減のために、協力者宅へ分散して入浴させていただくこととする。どうにか受け入れ準備は出来たが、撮影内容により、随時対応が必要と思い、到着後に確認することとして、前日から日程と天気予報を確認し15日を待った。

▽12月15日（水）

撮影スタッフの学生一行、夕方5時宿舎の区民センターに到着、すでに龍神温泉で入浴をすませて来たとのこと。

スタッフ6名の到着後、明日の打ち合わせ。事前にお願いしていた10名の地元の方々へ、その場で再度確認の電話をさせていただく。全員の承諾を得て一安心。宿泊する区民センターの近隣、古久保義秋さん宅へ「お世話になります」とご挨拶に。義秋さんと奥さんの満瑠子さん（当時病気療養中）には、お隣ということで格別のご協力とご支援をいただいた。

▽12月16日（木）晴

午前7時、ささやか館を開館。撮影機材の搬入。

出演者2人に会場まで来ていただく。9時から10時過ぎまで初収録。11時より1人、また別の1人は自宅から会場まで徒歩で出席してくれて12時30分まで収録。その後は、送迎車を準備して、15時30分から16時30分まで1名収録。予定の5名収録完了する。

▽12月17日（金）曇

「市主催の生活支援事業」と並行してささやか館を利用（当時、市の「高齢者生活支援事業」の一つとして過疎地域の「買い物支援活動」がテストケースとして実施され、パソコン機器の取扱い指導者が週1回駐在して、いわゆるネットスーパーの方法が模索されていた）。会場が重なったが特に支障なく、ささやか館で3人収録、個人自宅で2人、慰霊碑前で1名を収録して終わる。

▽12月18日（土）曇・晴

起床後に宿舎清掃、9時30分全員で墜落現場を訪ねる。その後、慰霊碑前に移動、13時昼食後、先発2名を田辺駅まで家内が移送。残り4名は会場整理と地域撮影、15時、経費支払いを済ませスタッフは大阪への帰途につく。

その後、宿舎の暖房器具、寝具など借用物の返却等、雑用多し。

無事帰還の連絡あり、同時に次回の日程連絡ある。1月13日より16日まで、3泊4日で実施するとのこと。

第1回の収録が無事終了。インタビューはみなさん大変緊張されていたが、すぐ雰囲気に慣れて堂々と受け答えされていたのが印象的。

第1回収録完了のお知らせと共に、協力者10名への御礼状発送。

第2回収録　3泊4日　8名（男子4、女子4）

▽1月13日（木）晴・曇
朝から受け入れ準備、毛布、炬燵、あんか等。

夕方6時前の到着。事前打ち合わせで、収録者1名追加要請あり、明朝に対処することで終る。

2回目はスタッフのメンバーが変わっていた。

▽1月14日（金）晴
9時から17時10分まで6名の証言を収録。1名追加は、早朝6時に自宅を訪問して協力要請。快諾され、闊達で元気に対応していただいた。

私の収集した資料の記録が自宅で始まる。写真をスキャナーでパソコンへとりこんだり、資料や物品などを収録。

▽1月15日（土）曇・みぞれ
気温低し。軍需工場体験者2人のお話を聞く。また、93歳の女性は当時28歳で墜落事件に遭遇された方で、当時の様子をよく覚えておられた。外は寒く雪が舞う。お疲れ様と伝える前に、タイミングよくご家族から「ぜんざい」のおもてなしがある。全員が懸命にぜんざいに集中。

その間セリフなし。メンバーの中には確かに「もう一杯」のムードがあったのではないかと思った。その後雪の中を車で移動、82歳の女子挺身隊経験者のお話を聞き、6人の収録を終える。入浴は3軒に分散して行う。近くの家にご協力いただいた。副食類、果物の差し入れ受ける。台所洗剤まで差し入れがあり恐縮。

▽1月16日（日）雪

徴兵軍人体験者2人の収録予定であったが、昨夜来の積雪のため予定していたお2人が高齢者であり、移動と健康への配慮で計画を中止。積雪の経験から通行止めの危惧あり、早々に帰阪を促す。11時撤退を要請し、15時30分無事帰阪の連絡あり、やっと安心。

編集資料の貸し出しを行う。和歌山放送の録音テープ、慰霊祭の第50回、60回のVTR、村宿直日誌コピー、『轟音』1冊、マスコミ報道切り抜き、遺族探しメール内容のコピーなど。

宿泊所の整理は17日午後に実施する。数名の方々から手助けをいただく。

第3回収録　3泊4日　7名（男子4、女子3）

▽2月21日（月）晴

午後6時より座談会（ではなく雑談会）収録、計画検討会開催。

▽2月22日（火）晴

午前７時ささやか館開館。２人収録、午後、自宅で私のインタビューを３時間。
夜は、愛殿会メンバーの収録、大変賑やかな団欒であった。14名参加していただく。
▽２月23日（水）
大応寺と西のカトリック教会を収録。午後、前回延期していた90歳の男性２人のお話を聞く。
夜は地区役員４名にインタビュー。
▽２月24日（木）雨
補充収録。吊り橋（針金橋）、エンジン、プロペラ墜落場所での聞き取りを済ませ、12時より帰阪された。

第４回収録　３泊４日　７名（男子４、女子３）

▽３月17日（木）晴なのに雪が舞う
13時から墜落現場へ向かう。道案内をベテランの山林業従事者の吉本勝美氏に依頼、農作業の予定を変更して引率していただく。山林の尾根伝いのコースで現場に向かい、２時に到着する。帰りは別ルートの対岸尾根林道を伝う。帰ってから、ささやか館での収録がある。
▽３月18日（金）晴
自宅でインタビュー３時間。午後シニア・エクササイズ収録。３時より、以前から準備して

いた桜2本の植樹作業を収録。4時終了、その後に地域内撮影。

▽3月19日（土）晴

残骸探しの日である。午前中に慰霊碑周辺の収録。献花の様子や食害対策ネット張り作業などを済ませ、正午にささやか館に集合し、墜落現場での「残骸探し」へ出発。地域の若者13名が参加してくれた。大応時の周和和尚も同行して現場で読経してくれた。15時過ぎ無事帰り、参加者で慰労と反省の懇談会を開催。

▽3月20日（日）雨・曇

宿泊所の清掃、帰阪準備。8時45分から西カトリック教会を撮影、インタビューも入れる。その後、柳瀬の龍神カトリック教会を撮影し、12時大阪へ出発。帰阪途中で、御坊市の「憲兵隊駐屯所跡」を訪ねた模様。

第5回収録　3泊4日　8名（男子4、女子4）

▽5月2日（月）曇

午前中受け入れ準備。17時20分芸大のスタッフ到着。情報交流と日程確認。

▽5月3日（火）晴

8時30分より、ささやか館でインタビュー受ける。その後自宅で妻久代収録。父の写真、家族の写真、軍事郵便、官報など保存資料をほとんど資料としてスキャナーで入力保存する。夕方は、殿原ニュー泉会経営の「ヤマセミ温泉」に入浴する。

▽5月4日（水）　快晴

自宅収録、資料や墓参の様子など。12時、慰霊祭準備に出るが2名は資料保存のため自宅で作業続行。午後は慰霊祭準備を収録。宿舎の区民センターは、明日の慰霊祭準備のため、婦人会が炊事場を優先使用する。学生は玄関付近の部屋のみで、炊事場は隙間利用となる。ヤマセミ温泉で入浴。

▽5月5日（木）晴

午前7時15分自宅発。どうやら早朝から準備し私の出発を撮影することになっていたらしい。準備万端、婦人会、愛殿会、地区役員、住民、その他で200名程度か。67回目の慰霊祭の開催となる。田辺市長も私的に参列された。例年のスケジュールで進行、儀式は終わる。栩原氏、保本氏のお二人も参加されていた。

今回は、古久保満瑠子さん作詞、集落支援員の永渕房夫さん作曲の鎮魂歌「殿原の祈り」の初公開があった。

私のＰＣ不調、固まり、電源不通、交換を勧められる。

第6回収録　2泊3日　7名（男子4、女子3）

スタッフの坂東さんから連絡が入る。

▽6月13日（月）晴

夕方5時過ぎから、自宅で収録。その後メンバーと若干の協議、意見交換を行う。特に遺族探しについて、エリザベスとの交信記録からアメリカ訪問の意向を聞かれる。ドキュメントとは何かということについていろいろ討議したが、私の思いは今までの内容が重要である、その内容を中心の作品にしてほしいと伝える。

学生たちは、アメリカ行きがあったらいいのにとの意見。作品としては遺族との出会いの場面を入れたかったのだろう。十分な討議もできず日程調整もできないまま、結論は今までを中心にという結果におちつく。

▽6月14日（火）晴

自宅及びささやか館で自分の収録。特に『轟音』の内容や、墜落当時の様子を語った。午後、古久保満瑠子氏の収録と、地域の撮影であった。

▽6月15日（水）曇

8時30分より安達茂文氏収録。仕事場にカメラを入れさせてもらうということで、特に事前の了解を得る。刀剣鍛錬所は修練の場でもあることから、古くからのしきたりで、何処でも誰でも勝手に入っていいというものではない神聖な場所であることを理解した上で、撮影許可をいただく。

午後は、協力者の確認、地域の風景を収録後、宿舎を整理しスタッフ帰阪。特に次回は収録も終盤であり、指導教授の訪問を再度要請する。日程及び地域での慰労会開催を伝え、補充撮影の希望をした。

第７回収録　３泊４日　６名（男子３、女子３）

▽７月21日（木）小雨
18日より台風６号一人歩き、紀南地方８００ミリを記録。スタッフは夕方到着。ヤマセミで入浴後、宿舎へ。６時30分より安達茂文氏との日常会話を収録、２人で世間話。21時終了する。
▽７月22日（金）曇
久しぶりに解放され、自宅で休息中、突然変更あり、10時から13時まで収録することとなった。予定では、安達茂文氏の収録であったが、早く終わり、午後は、西の山本きよ子さんの自宅での収録が加わったためである。

明日は、担当教授２人が来られることになり、諸準備のため区長の奥さんの五味美波さんが駆けつけて来てくれた。栩原氏も同席の連絡あり、龍神温泉の「季楽里」へ宿泊３名を予約。

▽7月23日（土）晴
台風一過の好天に恵まれた。撮影班は、早朝和歌山市へ出発。故吉中好信氏の御息女、吉中公子さんの収録活動へ。地元では、午後1時過ぎに両教授と栩原氏のお三方を迎えた。5時過ぎ、和歌山市から撮影隊が帰り、地域参加者を含めて総勢22名の懇親会を開催した。懇親会開会に当たり、私から、両教授と栩原氏のご紹介をし、それぞれのご挨拶をいただき、２０１０年10月13日を起点にして、本日までの大阪芸大と殿原の関係の説明や撮影作業の経過報告を行った。
お酒も入り、賑やかな交流と話題に花が咲く。21時終了。

▽7月24日（日）晴
地域収録と会場整理など。本日で一旦撮影は完了となる。天下の名湯ヤマセミ温泉に入浴。夕刻、メンバーがお揃いで帰阪挨拶に来られ、私に似た熊の人形に、わざわざ眼鏡を掛けてプレゼントしてくれた。彼らの気遣いに、ほのかな優しさと安堵感を覚えた。残されたシナリオ部分は帰阪後に補充、地域の再収録の余地を残し、編集作業に入られた模様。

第8回収録（補充撮影）　1日　7名（男子3、女子4）

▽11月13日（日）晴

11月13日の補充撮影時に拾った残骸破片。長さ10㎝、直径1㎝

３ヶ月ぶりの出会い。撮影隊より電話連絡あり、墜落現場の再収録となる。要望を受けてわが家の犬（紀州犬、５月１日舞鶴生まれ、雄）も同行、その犬が奇跡を呼んだのか、Ｂ29の破片を発見することとなる。先頭を犬が進む。犬にとっては初めての自然の山に興味深く進む。墜落現場の砂防ダム手前の作業道の路肩が軟弱なため人間は歩かないが、犬はお構いなく路肩から谷川へ降りようとした。瞬間、犬に引かれて路肩に足をかけたが、軟弱で数十センチつま先が山の斜面を滑り落ちた。その滑った所に埋まっていた薬莢ケースらしき形の破片が見えた。その瞬間に60数年前の墜落現場で見た機関砲を思い出した。今度は手で破片を引き出した。地表10センチ足らずの地中に埋もれていたのだ。紛れもない、あの当時たくさん見た残骸。１発の薬莢と2発の薬莢ケースの付いた残骸である。

再度の収録を終えて４時30分帰宅。その後もインタビュー、７時30分まで。すでに晩秋の夜である、残り物を集めて、形ばかりの７人分の食事。いつもは夫婦２人なのでご飯が少なく若者の胃袋は満たせなかったであろう。21時前に帰阪の途につく。

殿原を中心にした収録は、延べ31日間、収録時間は110余時間にもなり、これで地元収録は一応完了となりました。以降、学生たちは学校で編集作業に入ったようです。

翌年2012年2月5日（日）に地元殿原で試写会が実施されることになり、スタッフ8名が来ました。80人近くの地元の方々が参加してくれて、皆さんへのお礼の意味を込めて報告ができ、一つの区切りを迎えました。終了後、彼らはヤマセミ温泉に1泊することになり、夕・朝食をこちらからヤマセミまで搬入、あくる日の午前中に帰阪されました。

その後、3月初旬大阪で上映会があり、無事卒業制作として認められ卒業の日を迎えたようです。私は、そのDVDを提供してもらい、殿原でご支援いただいた方々に御礼代わりに差し上げて、私自身の一つの区切りとさせていただきました。

4．作品が動き始める

映像化の影響か、2012年の慰霊祭は、多数の県内外から参加者がありました。

その後、作品中の一部に不確実な情報の表現が見つかり、監督の笠原さんと何回か修正の必

大阪芸術大学映像学科笠原班（2012年2月6日ヤマセミ温泉館）

要性について協議を続けました。折角の作品、それも卒業作品ということでもあり、また多くの皆さんの評価に耐えうる作品として今後に残すために、監督の笠原栄理さんを中心に検討を重ねた結果、彼女は再編集の作業に取り掛かることとなりました。そして、遺族との面会を撮影する目的を持って、２０１３年10月４日～10日までの間、アメリカ、フロリダ州ブレーデントンに住むエリザベス・クロークさんを訪ねることになったのです。

その時監督は東京ですでに就職されていましたので、自分の仕事をしながら、空いた時間で編集作業を続けたと聞いています。

そして、２０１４年5月5日、第70回目のB29慰霊祭を迎えました。

約束の70回目の慰霊祭に作品は間に合いませ

んでしたが、監督は1日も早い作品の完成をめざして可能な限り努力をしてくれました。その間電話やメールでやり取りを重ねたわけですが、最終の局面で私は、内容をより充実させたいと思い、彼女と直接協議をするために上京したことがあります。そして東京の教会へレイジス神父を訪ね、エリザベスの様子や自分の思いを伝える機会を持つこともできました。

こうして作品はアメリカの遺族訪問の場面を入れ、エンディングに故古久保満瑠子作詞、永淵房夫作曲の「殿原の祈り」を挿入し、監督の精一杯の作品として完成したのです。

しかし、作品が完成する前に、残念ながら遺族のエリザベスは83才で昇天されました。それは2014年5月20日でした。

2015年5月5日、第71回目の慰霊祭を実施しました。

私たちは、時間的な目標は、達成できませんでしたが、映像内容が事実に寄り添えるよう、残された資料を読み込み、事実関係を確認しながら、B29墜落を史実記録として完成することができたと思っています。それは、制作者のたゆまない努力と情熱が結果となった作品であり、戦後70年の節目に発表できたことにも意味を感じています。そして、懸命に頑張ったことに満足感を持って、この作品の完成を喜びたいと思います。

撮影に協力していただくにあたって、証言者の皆さんには、当時の体験と記憶を大切にとお願いしましたが、70年という時間経過は、記憶を混乱させるには十分な年月であり、同じ時代に、同じ体験、同じ場面に遭遇していても一人ひとりがそれぞれ、見た現象、感じ方が異なることを実感しました。このことは当然でありますが、そこで必ず一致するのは、「もう二度と戦争はしたくない。どんな時代が来ても人間を殺し、殺されることのない社会、国を」と願っているということでした。

価値ある遺産として

みなさんは、古い記憶をたどり、たくさんの証言を積み重ねてくださいました。すべての方の証言が作品の中に入っているということはありませんが、私は、作品の中だけではなく、今回の作品作りに関わったみなさんからの証言は、現在社会が学ぶべき貴重な歴史的資料であると考えています。世の中には戦後の研究者の貴重な調査研究の成果があり、同時に報道資料、そして過去の証言実録など、多くの本や資料がありますが、これらの資料はまだまだ少ない状況にあります。そんな時代の中で、より真実に近づける証言を得ましたので、地域でのインタビューに答えて頂いた方々の内容を全てプリントアウトして、証言者各人の当時の生きた証として記録保存したいと考えています。全体で40時間余の撮影の内容、文字にしてＡ４判で６００～７００頁となりますが、ご協力いただいたみなさんへのお礼の意味も込めて随時お渡しできればと文字化しています。証言者のみなさん、それぞれが次世代への体験談として活用

レイジス神父と。2014年11月15日

していただき、価値のある遺産となることを願っています。

そんな経過を経て、やっと「ドキュメンタリー映画『轟音』は2015年3月14日、田辺市龍神市民センターで初めての上映会を持つことができました。公民館と龍神人権連盟の共催で、平和学習の一環としての開催でした。当日は監督も挨拶に訪れ、約200名の方々に鑑賞していただきました。ちょうど戦後70年を迎えたということもあり、時機を得た作品としてその後も依頼を受けて、田辺市内、和歌山県内各地を初め、京都市、堺市などで上映会を開いていただいています。

70年の節目を越えた今もなお世界では、命の危機が絶えず、日本もいつその流れに巻きこまれるかも知れないという不穏な状況が感じられます。平和な日本の70年間の歩みを命の重みとし、過去の悲しい過ちの歴史的事実に向き合うことで、戦争のない世の中を追求するための一つの足掛かりになればと念じています。そういう意味で、若い人たちに「真実の歴史」を引き継ぐ努力を重ねたいと思っています。

おわりに

第2次世界大戦の末期に起きた、B29墜落の事件からすでに71年がたちました。

この事件は、私の父が戦死したことと共に、今まで私の日常生活の中に居座り続けていました。その顛末の一部について先年小誌にまとめた後、さまざまな広がりを得て多くの方々とつながり、皆さんのお陰でアメリカの遺族とも対面する機会に恵まれました。そして、ドキュメンタリー映画「轟音」作成への関わりなども含めて、改めて「轟音―その後―」として、B29墜落に関する記録と私自身の思いを書き残したいと思い始めてから、もうかなりの時間がたってしまいました。

前作のあと、今一度あの時代の人々が生きた証を残したいと、住民の証言や資料を探し求めながら、いつかは書ける、いつかは伝えられると思って毎日を過ごして来ました。しかし、いざその中身を問われると十分整理できていないことがわかり、一つの史実をつかむことにもとても苦労しました。その間に見つかった古い文書や、新たに知り合った方々から寄せられた資料を参考にさせていただきながら、ここに拙い一文を書きました。高齢という自分の時間的な制約があり、体力や記憶力、知力にも限界を感じながらの作業で、その上思いばかりが先に立ち、なかなか皆さんに伝えられるような文章になってくれません。それでも、今も地域に残る「戦争の爪痕」から学び、暮らしが豊かになれば忘れ去られるであろう、歴史の原点を見失うことなく後世に伝える責任を果たしたいと努力してきました。当時の、地域に残る記録は少なく、「史実」という点についてどこまで迫れたか不安ではありますが、今後の皆さんのご指摘を待ちたいと思います。

時を同じくして、映画の撮影に関わることになり、大阪芸術大学映像学科の学生たちの若い新鮮な感性に触れる時期があり、大いに刺激を受け元気をもらいました。彼らは、B29の事件の史実に真摯に向き合い、ドキュメンタリー映画を完成させてくれました。その間には、地域の皆さんには大変ご無理をお願いし、人によっては語りたくない思いにまで聞き及んだことがあったかもわかりませんが、皆さんは真正面から受け止めて協力して下さいました。それは、当時の少ない記憶をたどりながら、地域の人々と共にあの衝撃的な事件を追体験する日々でもありました。今回いただいた証言や資料は決して過去のできごと、昔話ではなく、現在に生きる若い人たちが、未来に向かう時の道標としていかなければならないものだと思います。その手だてや標の一つとしてこの映画を活用していくとともに、殿原地域の歴史遺産として証言を文字に残す作業も続けたいと思っています。

この小誌をまとめるにあたって、大勢の方々からご支援や資料の提供などをいただきましたことを、ここにお礼申し上げます。また各氏の書籍や研究資料を参考にしました。それはその方々の多くの時間と努力の結晶をいただいたものであり、感謝に堪えません。

一つは、龍神村当時の保存史料「米軍戦没将士記念碑除幕式一条綴」という綴りです。私は、常々古い資料の保存に関して興味を持っていたこともあって、村の過去の資料に触れる機会がありました。ちょうど、村庁舎の建て替えの時期に村職員のお一人がその一部を保存されていて、幸運にもこの綴りに出会うことができました。それは、古文書に対する意識がないと処分されていても仕方のないような、保存期間の切れた1冊の綴りです。彼の思いと行動に感謝するとともに、その文書によって一つの史実が確認できたことは大きな励みとなりました。

また、遺族探しを始めた時期に、「大阪民衆史」を研究しておられる阪南市在住の林耕二氏にお会いできたことが契機となり、研究誌を譲り受けると共に、千葉県佐倉市にある国立歴史民俗博物館の2003年発行の「国立歴史民俗博物館研究報告（慰霊と墓）」が手に入ったことも大きなと力となりました。同時に、POW（戦争捕虜）研究会の福林徹氏ともお会いすることができました。福林氏は京都府在住で、林氏と共に「米軍機搭乗員処刑『大阪事件』」についての研究をしておられ、わざわざ殿原の慰霊祭にも来てくださり、貴重な資料を提供していただきました。

こうしてこの前後20年ほどの間で、龍神村でおきたB29事件の事実が、全国的な墜落事件と関連しながら明らかになったのでした。日本各地で墜落し死亡した兵士や、捕虜となって処刑された兵士、その氏名や墓、そして慰霊祭やアメリカの遺族のこと、それら一つひとつが判明するごとに、私は真実を知る感動に浸りました。それらの資料に触れる時、それぞれの研究者の1行、1枚に行き着く努力と時間が感じられて、頭の下がる思いでした。そして大いなる勇気を与えていただいたと心から感謝しています。

同時に、長い年月かけて続けられている各地の「戦争展」の資料や各種研究会のレポート、人との出会いなどが、ある瞬間に一つのアンテナに結び付いて、一つの方向を照らしてくれたのです。

有田の栩原和弘氏との出会いによって始まった映像化は、当初は半信半疑の出発でしたが、ついに大きな形となって現れました。堺市の仲林範子さんは、訪米前後に何度もお手紙を下さり、映画の上映活動にも奔走して下さいました。さらには訪米時に大きな力で支えてくれた通訳の杉本泰代さんには、帰国後も映画の翻訳に精力的に取り組んでいただき、今もってお世話になっています。そして、私のような年寄りに一人の人間として対応し、気長に付き合ってくれた、当時芸大の学生であった笠原さんをはじめとした学生の皆さん、坂東さん、川野さん、児島さん、友田君、井場君、筒井君、照井君、アメリカまで同行し撮影助手を務めてくれた笠原悠未さん、お疲れ様でした。また、私の小学校2年生の担任であった吉中公子先生との60年ぶりの出会いもあり、先生からはB29に関する証言を裏付けるような貴重な本を送っていただきました。

２０１５年は戦後70年の節目の年ということで、ＮＨＫを初め多くの報道機関に取り上げていただいたことで各地から情報提供のご連絡をいただき、激励を受けました。その中でも職業冥利か、各年代の卒業生からの電話は、思わず年齢を引き戻してくれるような若返りの特効薬となりました。

まだまだ書ききれないほど多くの方々にお世話になりました。関係してくださった皆さま方に改めて厚くお礼申し上げます。

今、私はこの小誌を出すにあたって、２０１５年9月に成立した「安全保障関連法」、いわゆる安保法について考えざるを得ません。それは、新法「国際平和支援法」と「自衛隊法」など10本の法改正からなるもので、重大な法律が一括審議、成立したことにも驚くと共に、中身にはもっと危機感を持ちました。それらの法律にはおおむね次のようなことが盛り込まれています。

○集団的自衛権の行使を可能にする
○自衛隊の海外での活動範囲や使用できる武器を拡大する
○有事の際に自衛隊を派遣するまで国会審議の時間を短縮する
○在外邦人救出やアメリカの艦船防護を可能にする
○武器使用基準を緩和する

○上官に反抗した場合の処罰規定を追加する

この法律は、２０１５年６月に行われた「衆議院憲法審査会」に出席した、参考人の３人の法律家が揃って違憲だと指摘したものです。そして、全国各地で反対する声が上がり、国会議事堂周辺でのデモが連日行われるというような世論の高まりにもかかわらず、結局９月19日未明に参議院本会議で可決成立しました。

私はこの時、今まで繰り返し、くどいほどに述べてきた「過ちの歴史に学んで、二度と再び戦争は経験したくない。戦中時代の経験者として次の世代に伝える責任がある」という気持ちを逆なでされたような、本当に心が震えるほどの憤りを感じました。単純に「戦争前夜」のようなキナ臭いにおい、ただならぬ雰囲気がただよっているようで、あの第２次世界大戦前のことをまず思い、戦中の軍部を思わせるような権力の横暴さを感じました。歴史に学ぶということはこういうことを言うのだと思ったのです。

その前には、２０１４年４月の「武器輸出三原則」から「防衛装備移転三原則」への見直しがあり、その後のあまりにも乱暴な「閣議決定」による「集団的自衛権の行使容認」、そしてこの「戦争法」ともいわれる「安保法」です。「戦争をしない国」から「戦争ができる国」になったわけで、これからの日本はいつ戦争に巻き込まれてもおかしくない状態に追い込まれたのです。戦後70年間培ってきた平和な国を無残にも踏みつけにされたと思っているのは私だけではないと思います。「私たちは自衛隊の海外派兵など決して望んでいません。武器を持ち相手に銃口を向けることは、人を殺し殺されることです。二度と再び武力を行使しない、戦力は持たないと憲法で決めたのではなかったのですか。未だに帰還が果たせていない110万人もの遺骨があるというのに…」と声を大にして叫びたい思いにかられます。1発の銃弾の持つ重み、その責任をこれからの若い人たちが背負い続けることになるのです。国会議員は議員を辞めるとその責任は問われないのでしょうか。胸の中で沸々として消えない前途への危惧を感じながら今を生きています。

年寄りのたわごとと言われるかもしれませんが、私たちの世代の多くの人が経験した、悲しい、寂しい、悔しい、ひもじい、辛い、哀れな、人間の誇りを無視され、理性まで奪われたそんな時代を決して繰り返させてはならないと思い、これから私たちが進むべき道すじの選択を大切にしたいと思います。

私の人生は終局を迎えるところに来ています。このような時に、先人の方々の証言をいただけたことに感謝し、一片の史実を残せたことに満足しながらも、これでよかったのだろうかと反芻しています。しかし、未熟ながらも私の精一杯の遺産であり遺言であります。もはや体力的には峠を越え、急滑降の状態ではありますが、これからも「反戦、平和」への思いをさらに深めて、平和で安心して生きられる世の中のために、与えられた命を使い切りたいと決意しています。

２０１６年５月５日には第72回目の「戦没連合軍アメリカ将士」慰霊祭が例年通り行われます。その日は慰霊祭の語り部として若者たちが新たな出発をします。私は一つ肩の荷を彼らに手渡し、共に一歩を歩みたいと思います。

最後に、この小誌の制作に関わっていただきました日本機関紙出版センターの丸尾忠義さん、日本機関紙協会和歌山県本部の中北孝次さんをはじめ関係者の方々に厚くお礼申し上げます。

２０１６年　78歳の春に

【資料編】

1．田中實氏からの寄稿

それは２０１４年10月、突然の電話から始まりました。その方は、龍神村のＢ29慰霊祭の記事を見られた大阪市阿倍野区の女性で徳永さんと名乗られ、和歌山県日高郡の旧真妻村川又出身の方でした。

１９４５年６月26日に美山村で起きたＢ29墜落事件を経験されたお兄さんが、ご自分の体験を何等かの形で残したいと思われ、回想記を書かれており、もし機会があれば、兄の体験記を発表できないかとのことでした。

偶然、私も『轟音』の第２版を出したいと資料を集めていた時期でもあり、さらに過去の過ちの歴史を繰り返させたくない思いが膨らみ、ご意向に十分お答えは出来ませんが、私でよければ何とか書き入れますとお答えしました。

その後、電話とお手紙があり、そのお手紙の中にお兄様の回顧録が同封されていました。その方は藤沢市在住の田中實さんでした。その後、ご本人からもお電話をいただき、全編は無理ですが可能な限りご意向に沿いたいとお伝えしました。そのような経過から、今回その回想記をこの項に加えさせていただきました。

なお、相当な長文で全文は無理ですので、私の判断で、その文章の途中で割愛させていただいたことをお許しください。

美山村のＢ29墜落事件を経験―田中實

当時の日高中学校在学中、学徒動員で異なった環境に移り、慌ただしくすごしているうちに、早くも８ヶ月経過しようやく仕事にもなれたところで、新しい年１９４５年を迎えることとなった。―中略―

戦局が激しく食糧難の折、学校の運動場や中庭などを耕して、畑にする方針、毎日時間割に１時間の「作業の時間」が組み入れられた。…中略…３ヶ月の下級生の50名の作業経過…。

４月からは４年生となり、３年生が下級生の担当となり負担は軽くなった。そしてまもなくして、私は初めて「Ｂ29の爆弾」を体験するのである。

戦局が激しく食糧難の折、いつもの様に、新２年生を受け持って作業に携わっていたので、まだ警報が発令されていなかったと思う。突然、上空から異常な連続音「ヒュゥー・ヒュゥー」が聞こえ、その直後、大爆発音が連続した。

私たちはその一瞬、本能的に畝の間に身を伏せた、「松原の方だ、三菱の工場の方だ」と、叫ぶ声がした。

身を起して西の方を見ると、爆撃直後の黒煙が、モウモウと空高く巻き上がっている。ここから直線距離にして2キロの地点で、三菱の工場の方角である。5ヶ月前まで一緒に働いていたクラスメートの姿、「みんな無事でいてくれ」と、心から念じた。

まもなく学校から連絡が入り、三菱の松原工場が爆撃を受け、犠牲者やけが人が出たが「我校の生徒は全員無事」とのことだった。―中略―

その後、間もなく、「特記すべき事件」が発生した。その結論から先に発表すると、私は故郷（真妻村川又）の山中で、B29爆撃機の搭乗員「米兵」を捕捉したのである。

その日時は正確に記憶していないが、捕捉した米兵が持っていた桃の実（墜落して逃走中にもぎとった物）が青く未成熟（6分程度）だっので、1945年6月初旬に違いない。

その日は朝から晴天であった。「黒い煙を飛行雲の様に吹きながら南下するB29」を偶然発見したのは、忘れもしない真妻の実家の縁側である。

突然異様な爆音（飛行機のエンジン音）が聞こえて来たので見上げると、そのB29は、黒煙を吹きながら、向かいの山、「わびわざこ」の頂上付近から「かってん山」の上を通過して「しんぺい山」上空に向かっている。何時もの成層圏を飛んでいるB29より遥かに高度が低い、おそらく2000メートル位だろうか、4発の機影がはっきりと見えている。依然として黒煙を吹きながら飛び続けている機影が「しんぺい山」の真上に差し掛かった時、突然「空中分解」した。

それはあたかもスローモーション・ビデオを視るように、数個に分解した機体が落下して行くのを目の当たり見た。特に私の脳裏に焼付いているのは、折れた翼が、クルクルと3回程回天し、「しんぺい山」の向こうに消えていった情景である。その時一緒に目撃したのは、栄子姉と近所の子供たち、それに近くに住んで居て、通称「うめさん」と呼ばれている尾上梅吉爺さんもいた。

「落ちたのは、しんぺい山の先やから、隣の龍神村あたりやろう」と、言った「うめさん」の声が、今耳に残っている。

それから（墜落してから）2日後、私は山中で4人の米兵を捕まえることになる。…中略…

「えらいこっちゃ、これから山狩りや」と区長の某氏（名前を忘れた）が竹槍を持って駈け込んで来たのは、B29が墜落してから2日後の朝だった。B29の搭乗員らしい米兵が「おお又谷」に逃げ込んだ、と情報があったそうである。手分けして人集めに奔走しているとのこと。「僕も手伝いましょうか」と言うと、「おう〜頼む、何分人出が足らんので、大変やから」と、未成年「15歳」の私も竹槍を持って山狩りに参加。男性20人余りが集まる、私以外は、ほとんど50歳前後か、それ以上の年配者ばかりだったのが印象に残っている。—中略—

山狩りの記憶は、強烈に脳裏に焼付いている場面がある反面、断片的にしか思い出せない場面もある。集合、早速「3人一組」に編成、予め捜索範囲の地区割りし、50代の2人は、「山沢の又さん」と「平井さん」と記憶。順次「おお又谷」の林道を進行、次々分担地域に入る。集団と別れて、細い山道を登り杉林をくぐり抜けた3人は、日当たりのよい横道に出た。そこは新しい植林地帯で杉の若木の他に、「茅」と「蕨」の長けた「シダ」の見える場所だった。「おーい足跡や」先頭を行く又やんの声、靴跡が確認できた。「これは地下足袋の跡と違うでー…」「ほら、ここにもある」と。私たちは夢中でこの足跡を辿りながら、山の斜面を真っ直ぐに登って行った。

今思えば、3人共、足跡を追うために足元ばかり見つめていたと思う、途中、足元が滑り、咄嗟に小枝を掴んだ私、一瞬顔を上げたその時である。

見つけた？〝米兵4人〟距離30メートル、「あれだァー」と指差し私は叫んだ。途端、「わぁ～」と大声を張り上げながら、3人が一斉に竹槍を構え米兵に向かって突進していった。突撃の途中、私の目にはっきりと写ったのは、急いで立ち上がり「両手を挙げる米兵の姿」だった。

結局4人の米兵は、おとなしく逮捕に応じた。記憶とは不思議なものである、そして母校である上洞（カボラ）小学校まで連行し駆けつけた憲兵隊に引き渡したのである。

特に、「足跡発見」から「逮捕」までの記憶が鮮明で、「私の行為」を「別の私」が、まるでテレビドラマを見ている様に浮かんで来る。そこでもう一度「別の私」から見た、このドラマ「足跡発見～逮捕で」のビデオを再生してみることにする。

そして、その時感じた「私の心境」を述べてみたい。先ず、最初に写ったのは、遠くから撮影した「山裾」の全景で、山の頂上から裾の辺まで一面に青く茂り立派に成長した植林地帯である。

そして、画面はそのまま、ゆっくりと右に移動して行く、すると間もなく深緑の茂みが途絶え、明るい場所になった。―中略―

当時を振り返り、「私の心境」は、今でも不思議に思うのだが、あのような「エキサイトした場面」で私は何故「冷静な心境」になりえたのであろうか。先ず冷静だったとはっきり言える理由は一つ、両手を上げて立っている米兵のそばへ駆けつけた時〔突撃で〕の行動である。「ピストルを出しなさい」「ピストルを出しなさい」と繰り返し叫んだが通じないようなので、私は人差し指を曲げて発射する格好をした。初めて見たピストルは、ことの外重く感じた。そして、受け取ったそのピストルをすぐ「又やん」に渡し、次におこなった私の「意表を突くような行動」が今でもはっきりと想い出す。

それは「竹槍と米兵の背くらべ」である。私は唐突に4人うち一番背の高い兵士の側へ歩み寄り、彼の足もとへ竹槍を立てて脊くらべをしてみた。すると、その兵士は負けまいとして「おどけた表情」で背伸びしたのである。そのために、その場の雰囲気が、いっぺんに和んだのであった。―後略―

ページ数の関係で以上の紹介で留めさせていただきますが、以上が田中実氏の寄稿文です。

なお、この時、美山村で墜落した米軍機の機長は、終戦の日、真田山で8月15日の正午過ぎに処刑されました。この内容はＰＯＷの資料に載せられていますので、その部分を転記させていただきます。

「真田山陸軍墓地で殺害された元米軍搭乗員」―「大阪民衆史研究」より転載―

①5月5日　上山路村　MC SPADDENS 少尉　殿原へ落下傘降下
②6月1日　大峰山　STRONG 二等軍曹　大阪空襲撃墜
③6月5日　京都　PICCINO 少尉　神戸空襲後、井手町墜落
④6月26日　美山村　COBB. H 中尉　大阪陸軍造兵廠空襲後
⑤8月8日　西牟婁郡稲荷村　ORT 大尉　ｐ51搭乗員

以上の5名は、真田山で１９４５年8月15日玉音放送後に処刑されました。

これは、いわゆる中部憲兵隊による「大阪事件」とよばれる一連の事件の一つです。

2. 2人の女性からの寄稿

わがらの言葉で憲法9条を

龍神村広井原　赤石克子
龍神村殿原　古久保久代

「お国ことばで憲法を」という大原穣子さんの本を読んで、私たちもわがら（私たち）のことばで憲法9条を書いてみたいと思い、龍神弁と殿原弁で書いてみました。

ほんまもんの9条

〈日本国憲法第9条〉

① 日本国民は、正義と秩序を基調とする国際平和を誠実に希求し、国権の発動たる戦争と、武力による威嚇又は武力の行使は、国際紛争を解決する手段としては、永久にこれを放棄する。

② 前項の目的を達するため、陸海空軍その他の戦力は、これを保持しない。国の交戦権は、これを認めない。

〈龍神弁で9条を　赤石克子〉

わがら、戦争は絶対しやせんでえ。

わがら日本国民は、まちごうたことはほんすかん。

ええことはええと、気がねせんとゆえて、世界中が安心して暮らする、そがな世の中にしたいて、ほんまに思とんねで。

そやさか、戦争らせんように、3つの約束きめたんやで。

1つ目は、今世界では、「国権の発動」とかいうて、その国が戦争するて言うたら戦争できることになるらしいけど、わがらんとこはちがうでえ。そがなことは、認めてない。

2つ目は、わがらん国んいうことを、相手の国が聞かんさかちゅうて「ミサイルでも原爆でも打ち込んだろか」ちゅうようなこと言うて、相手の国びらすようなことはしやせんでえ。

3つ目は、国と国どうしが、考え方がちごうてごちゃごちゃしたもめ事ん起こっても、そいをおさめるためやちゅうて、鉄砲やミサイルちゅうようなもん使うたりもしやせんでえ。

わがらは、こいから先どがな理由があっても、戦争はやらんて誓うたんや。

「戦争放棄」つまり、戦争はポイしたちゅうことや。

そいからなあ。陸軍やら、海軍やら、空軍らはもちろん、核兵器もミサイルも戦闘機も、軍艦、潜水艦、戦車ちゅう、武器やら兵器やら人殺しの道具は一切持ちゃあせん。あったりまえやろ。

こがなもん持っとったら、先に言うたことと合わんさかな。

ほいとなあ、話は最後になるけど、政府が「戦争する」ちゅう権利も認めてらないで。これが憲法9条やだ。政府の上に憲法があるんやで。

ようわかっといてよ。

〈殿原弁で9条を　古久保久代〉

わがらない、日本国民はない、国と国とが信頼しおうて、地球上の人間がみんなぁ当たり前に暮らせるように国際正義ちゅうもんを大事にしたいて、心から思うとんねでぇ。そりゃあない、国と国とがもめたさかちゅうて、話し合いもちゃんとせんと、いきなり戦争じゃちゅうて仕掛けて行くことらぁもってのほかじゃあ。

武器をどいろうもっとる国がつよいやて？　そがなこたぁ無い。武力でてちおどかしたり、攻めこんで行ったり、そがなことで国と国とのもめごとを解決するようなこたぁ、こいから先、絶対あかんねでぇ。どがぁな理由があっても、もめごとを解決するために一切武力は使わんて決めとくんや。そやさかよぉ、こいから先戦争は絶対しやせんね。

そいじゃあさかよぉ。陸軍や、海軍、空軍たろいう軍隊はいらんし、軍備は持たんて決めとんねだ。戦争はせんて決めてんさか、ミサイルや戦車や潜水艦らいらなぁだ。息子を兵隊にと

られることもない。「国」とか「国」のためとか、ええ風なこと言うけどよぉ、もうまあ、わが
ら日本の国民は「国」が戦争を起こしたり戦争に加担したりすることは絶対認めんて決めとん
ねだよ。

これん日本国憲法第9条の戦争放棄ちゅうこっちゃろ。

【参考資料】

- 「国立歴史民俗博物館研究報告・慰霊と墓（2003年）」　国立歴史民俗博物館
- 「米捕虜飛行士殺害に関する中部軍・中部憲兵隊事件」　福林徹
- 「大阪民衆史研究」　大阪民衆史研究会
- 「THE TWO CROSSES」（1955年発行）　中尾廣次（文）、玉置清（絵）
- 「新聞と戦争」　朝日新聞社
- 「日本空襲の全容」　小山仁示
- 「和歌山県の空襲」　中村隆一郎
- 「東久迩日記＝日本激動期の秘録」　東久迩稔彦
- 「昭和史の事典」　佐々木隆璽
- 田辺市龍神行政局保存文書
- 青龍山大応寺保存資料
- 地域隣保班諸帳簿5冊、軍隊手帳、軍事郵便、従軍戦記等
- 紀伊民報、日高新報、和歌山新報、朝日新聞、共同通信、東京産経新聞、西日本新聞、毎日新聞、読売新聞、日本経済新聞
- 映画「轟音」のインタビュー集

【映像化協力者】

・栩原和弘

・大阪芸術大学映像学科
担当教授／原一男、小林佐智子、監督／笠原栄理、制作／坂東麻衣、撮影／井場央貴、音響／友田一貴、筒井大地、照井要祐、記録／川野彩、整音／児島未来

・「殿原の祈り」作詞／古久保満瑠子、作曲／永渕房夫

【協力者】

大応寺・松本周和和尚、安達茂文（刀匠・龍神太郎源貞茂）、故・安達キヌ、故・古久保クスエ、古久保お浪、故・深瀬鉄吾、古久保辰夫、玉置チサ子、故・山本きよ子、故・古久保満瑠子、玉置知、古久保千代二、古久保義秋、宮村ミエ子、安達君代、安達潔、古久保政秀、古久保惠子、安達秀視、古久保ヤス子、古久保稔、古久保篤子、深瀬安穂、古久保博文、宮脇稔、滝本公一、松本たず代、深瀬嘉奈子、安達俊夫、深瀬洋子、安達智恵、古久保高志、深瀬武文、杉本正夫、五味孝二、深瀬安司、安達まゆみ、杉本勝、故・田野岡博明、山本慎哉、古久保眞介、五味美波、安達康夫、古久保和志、五味大

安、安達克典、五味一平、宮脇慎、古久保陽人、古久保春日、辻勇夫、安達和喜、深瀬渡、笠原悠未、杉本泰代、杉本健、仲林範子、梶原隆盛、宮田耕造、丸山雄史、林耕二、古久保信茂、吉本勝美、赤石克子、古久保久代

（順不同）

【著者紹介】

古久保　健（ふるくぼ　けん）

1937年（昭和12）10月6日生まれ、78歳。
1961年4月　龍神村立中山路小学校講師採用
1998年3月　龍神村立下山路中学校退職
1998年4月　龍神村公民館社会同和教育指導員、4年間
2005年4月　『轟音－B29墜落の記－』出版（紀伊民報社）

題字：仲林範子

轟音 —その後—

2016年6月9日　初版第1刷発行

著者　古久保健
発行者　坂手崇保
発行所　日本機関紙出版センター
〒553-0006　大阪市福島区吉野3-2-35
TEL 06-6465-1254　FAX 06-6465-1255
本文組版　Third
編集　丸尾忠義
印刷製本　シナノパブリッシングプレス

ISBN978-4-88900-932-3